KB263074

유머
내비게이션

지혜의 샘 시리즈 ⓴

유머 내비게이션

초판 1쇄 발행 | 2009년 02월 25일
초판 18쇄 발행 | 2025년 08월 31일

엮은이 | 유머동호회

발행인 | 김선희 · 대 표 | 김종대
펴낸곳 | 도서출판 매월당
책임편집 | 박옥훈 · 디자인 | 윤정선 · 마케터 | 양진철 · 김용준

등록번호 | 388-2006-000018호
등록일 | 2005년 4월 7일
주소 | 경기도 부천시 소사구 중동로 71번길 39, 109동 1601호
       (송내동, 뉴서울아파트)
전화 | 032-666-1130 · 팩스 | 032-215-1130

ISBN 978-89-91702-46-2 (03810)

· 잘못된 책은 바꿔드립니다.
· 책값은 뒤표지에 있습니다.

지혜의 샘 시리즈 20

유머 내비게이션

유머동호회 엮음

이 책을 펴내면서

웃음이 그리워질 때가 있습니다.
그럴 때, 짜증만 내지 말고 웃을 거리를 찾아보십시오.

이 책을 엮은 유머동호회는 바랍니다.
유머로 가득 찬, 웃음으로 가득 찬 세상을…….

썰렁한 유머는 이제 그만!
웃기지 않는 유머는 이제 그만!
아무런 감동도 주지 못하는 유머는 이제 그만!

유머를 알면 인간 관계가 보입니다.

가슴을 활짝 열고 유머 속으로 들어가십시오.

contents

제1장
유머 찾아 출발!

최대 불황 12

미녀와 변호사 13

노인과 보청기 16

천생연분 17

자기 사랑해! 18

사이즈를 몰라서 19

놀부의 잔머리 20

환장할 소식 22

아내와 남편의 4행시 24

영구의 중고차 25

말도 안 돼! 26

할아버지의 착각 28

옛날과 요즘 29

센스 유머 30

비밀의 화장실 32

디지털 시대 34

어느 건망증 환자의 일기 36

현상 수배범 37

초보 vs 중수 vs 고수 38

국수와 국시의 차이점 40

번호표 42

편지지 43

혀 짧은 아이 44

티코 탄 아줌마 46

손오공의 분신 48

가장 높은 집 49

남편의 부고 광고 50

방 번호 천 백십일 51

앓느니 죽지 52

노숙자 53

착각 54

호랑이가 자살한 이유 57

밥통 58

산부인과 59

나무꾼과 개구리 60

적극적 경청 62

울면 보여줄게 63

엄마와 아이의 대화 64

아들의 편지 65

수수께끼 66

사거리 음식점 69

제2장
유머 톨게이트 통과

결혼 생활의 비결 72

수술의 이유 73

유머로 보는 혈액형 74

오늘의 선물 76

손자 교육의 중요성 77

수위 아저씨의 최후 78

칠칠이와 팔팔이 79

겨울비를 느끼며! 80

개미의 복수 81

백수의 TV 시청법 82

대머리 아저씨 이발소 간 날 84

장한 한국인 86

착한 곰 이야기 88

토끼의 집념 89

귀여운 아기 90

순수한 아이 91

세대별 커플 버스 타는 형태 92

공주병 94

불경기 95

장래희망 96

이등병의 비애 97

시어머니 98

어묵과 김밥 99

새우깡과 빼빼로 100

라면 101

벨 102

화상 103

슬픈 백수 104

가보 105

알파벳 공부 106

수산업 107

우리나라 명문대 108

사과의 가격 110

강력한 존재 111

누드모델 112

새로운 부인 113

솔로의 5단계 114

말실수 모음 116

욕쟁이 할머니 118

팬티 입은 개구리 119

발 냄새와 입 냄새 120

우리 다시 만납시다 121

컴맹의 해킹 122

복권 당첨 123

친절한 스튜어디스 124

사자의 생일잔치 125

참새의 답변 126

황당한 의사 127

엄마와 아들 128

차남의 비애 129

제3장
유머 휴게소

건망증 선생님 132

모두가 공감하는 건망증 133

자장면의 사기 결혼 134

가문의 전통 136

마누라 사진 137

부산 할매 138

강도 139

정치란? 140

어느 술집에서 142

지뢰 144

최신 발명품 145

자신의 소중함 148

군대의 인재들 150

어느 컴맹의
　　　　　　귀여운 일기 152

못 말리는 부부 161

거짓말 162

비밀은 있다! 164

등급별로 본
　　　　　컴퓨터 사용자 170

접시 깬 사람은? 174

황당한 부부 175

황당한 여자! 176

서울 구경 177

묘한 치료법 178

의사의 대답 179

비아그라와 콩나물 180

그것도 모르냐? 181

한 번 웃고 넘어가기 182

뻐꾸기가 된 공처가 187

할머니의 항변 188

여보… 저예요 189

제4장
유머 아우토반 고고씽!

자리 바꾸자 192

정신병원 193

횡단보도 194

땀 흘리는 물고기 195

한 지붕 밑 196

택시비 197

완벽한 엘리베이터 198

신기한 거짓말 탐지기 200

무서운 초등학생 202

뒤죽박죽 동화 204

노하우 212

좌우명 213

기분 좋은 비 214

거스름돈 215

애인 있는 유부남의 고민 216

애인 있는 유부녀의 고민 217

전철역 이름도 가지가지 218

북한이 남침하지

       못하는 이유 220

여자의 마음 221

쥐뿔도 모르면서 222

남편 놀라게 하러 갔다가 227

사장의 유머 228

여대생의 4대 세일 229

여자의 소원 230

중년 아저씨의 치매 232

골프 인생의 4단계 233

직업별로 싫어하는 사람 234

어떤 요리사 235

사랑과 소주의 공통점 236

아버지가 화난 이유 237

썰렁 개그 238

맥주병 해병 240

거지와 정치 철새의

       공통점 241

4×7=27 242

UCC와 악마 244

노는 남편 245

공짜 246

할머니와 운전기사 248

습관 249

초대의 이유 250

승마 다이어트 251

병원 이야기 252

할머니와 자판기 254

제1장

유머 찾아 출발!

최대 불황

　남대문 시장 상인 몇 명이 포장마차에 앉아 소주잔을 기울이고 있었다.

　이들은 외환위기 때보다 더 어렵다는 요즘 경제 상황을 애기하며 누구 장사가 더 불경기인가를 가지고 서로 다투고 있었다.

스포츠용품점 주인 : 난 88올림픽 이후 최대 불황이야.

주유소 주인 : 아휴, 말도 마. 난 70년대 석유 파동 이후 최대 불황인걸.

전자대리점 사장 : 뭘 그 정도 가지고 그러나? 난 일제 강점기 이후 최대 불경기야.

그러자 서점 주인이 마지막으로 한 마디 했다.

서점 주인 : 우리 가게는 한글 창제 이래 최대 불황이라고.

미녀와 변호사

한 미녀와 변호사가 나란히 비행기에 앉게 됐다.

변호사가 그녀에게 재미있는 게임을 하자고 제안했고, 미녀는 피곤해서 그 게임을 공손히 거절했다. 그런데 변호사는 정말 재미있고 쉬운 게임이라고 거듭 강조하며 그녀를 괴롭혔다.

변호사 : 이 게임 정말 쉬워요. 그냥 질문을 해요, 그리고 대답을 못 하면, 서로 5불을 주는 거죠. 재미있지 않아요?

다시 그녀는 공손히 거절을 하고, 고개를 돌려 잠을 청했다. 그때, 변호사가 다시 말했다.

변호사 : 좋아요…… 좋아. 그렇다면, 당신이 대답을 못 하면 5불을 나에게 주고, 내가 대답을 못 하면 500불을 주죠.

　게임에 응하지 않으면 끈질긴 이 남자에게서 벗어날 길이 없을지도 모른다고 생각하던 미녀는, 500불이라는 말에 찬성을 하고 말았다.
　변호사가 첫 질문을 던졌다.

　변호사 : 달에서 지구까지 거리가 얼마죠?

　그녀는 아무 말 없이 바로 지갑에서 5불을 꺼내주었다. 그리고는 그녀가 물었다.

　미녀 : 언덕을 오를 때는 다리가 세 개고, 언덕을 내
　　　　려올 때는 다리가 4개인 게 뭐죠?

　이 질문에 그 변호사는 무척 당황했고 노트북 안에 있는 모든 데이터를 다 뒤졌다. 그러나 답은 어디에도 없었다.
　잠시 후, 그는 그가 전화할 수 있는 모든 동료에게 전화를 했고, 이메일을 동료들에게 보내기 시작했다. 그러나 결국 답을 찾지 못했다.

한 시간 뒤…….

결국 그는 치밀어 오르는 화를 참으며 그 미녀를 깨웠다. 그리고는 그녀에게 조용히 500불을 꺼내주었다. 그러자 그녀는 고맙다는 한 마디를 하고 다시 잠을 청했다. 잠시 열을 식히던 변호사, 도저히 못 참겠다는 듯이 그녀를 깨우더니 물었다.

변호사 : 아니, 대체 답이 뭐죠?

그러자 그녀는 아무 말 없이, 5불을 꺼내주었다.
그리곤 다시 잠을 잤다.

노인과 보청기

노인 두 명이 의자에 앉아서 이야기를 하고 있었다.
한 노인이 먼저 입을 열었다.
"이봐, 나 보청기 새로 샀어. 엄청 비싼 거야."
다른 노인이 부러워하며 물었다.
"그래 얼마인데?"
노인은 손목시계를 보더니 대답했다.
"12시."

천생연분

할머니와 할아버지가 퀴즈 프로그램에 출연했다.
천생연분이라는 단어를 빨리 설명하고 맞히는 게임이었다. 할아버지가 문제를 설명했다.
"우리같이 사이가 좋은 걸 뭐라고 하지?"

할머니 : 웬수
할아버지 : 아니 두 자 말고… 네 자로 된 단어…

그러자 할머니 왈….
"평생 웬수."

한 커플이 커피숍에서 커피를 마시고 있었다. 그런데 여자가 갑자기 방귀가 뀌고 싶은 것이었다. 그래서 여자는 한참 고민을 하다가 남자에게 '사랑해~!' 라고 크게 외치며, 그 순간을 이용해 방귀를 뀌기로 결심했다!

여자는 자기가 생각해도 너무 기발한 아이디어라며, 속으로 자화자찬하고 있었다!!

드디어 여자는 실행에 옮기기로 하고 남자에게 꼬옥 안기며~~,

"사랑해~~!"

라고 외치며 방구를 뿡~ 뀌었다.

여자가 성공이라고 생각한 순간,

그때 남자가 하는 말…….

"뭐라고?? 방귀 소리 땜에 못 들었어!!"

어느 남자가 아내에게 장갑을 사주려고 상점에 갔다.

그런데 장갑의 크기를 알 수 없었다. 그러자 상점 여직원이 친절하게 물었다.

"사이즈를 모르시겠다고요? 그럼 저의 손을 한 번 만져보세요."

남자는 여직원의 손을 만지작거리고는 장갑 하나를 골랐다.

물건을 사가지고 돌아가던 남자는 잠시 주춤거리더니 다시 상점으로 들어와서 수줍게 말했다.

"저기, 기왕 사는 김에 브래지어도 하나 살까 하는데요……"

놀부의 잔머리

1

놀부가 지옥에 가니 염라대왕이 기다리고 있다가 물었다.

"왼쪽 방, 오른쪽 방 어디로 갈 텐가? 왼쪽 방은 똥물탕, 오른쪽 방은 우유탕."

놀부는 당연히 오른쪽 방을 선택했다.

그러자 염라대왕이 소리쳤다.

"각자 탕 안에 머리 박아!"

놀부는 혼자서 좋아 죽는다.

"지옥도 민주주의라 올만 하구나, 흐흐흐!"

한 시간 후 염라대왕이 전부 모이게 했다.

"각방 죄인들 서로 마주본다. 그리고 상대 얼굴을 서로 핥아먹는다. 실시!"

2

놀부 다음 코스로 이동한다.

다음 코스도 왼쪽 똥물탕, 오른쪽 우유탕.

놀부 똥물탕으로 간다.

놀부 한 번 속지 두 번 속냐…….

염라대왕이 이번에는 똥물통에 머리 빼고 몸을 담그라고 한다.

놀부는 슬며시 미소를 짓는다.

'온몸 핥으려면 시간 꽤나 걸리겠군. ㅋㅋㅋ!'

염라대왕이 저쪽에서 크게 외친다.

"……10분 휴식 끝! ……10년간 잠수……."

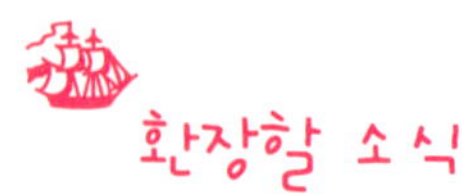

환장할 소식

- 좋은 소식

  남편이 나의 자유분방하고

  신세대적인 패션 감각을 이해해 줄 때

- 나쁜 소식

  남편도 유니섹스로 살겠다며 내 옷을 입을 때

- 환장할 소식

  남편이 입은 폼이 나보다 더 섹쉬할 때

- 좋은 소식

  집 나간 딸아이가 집으로 돌아왔을 때

- 나쁜 소식

  딸의 배가 차츰 불러올 때

- 환장할 소식

  어떤 건달 녀석이 자기 책임이라며

  무일푼으로 내 집에 들어와서 살겠다고 보챌 때

· **좋은 소식**

싼 가격에 성형수술 된다네

· **나쁜 소식**

수술이 시원찮아 다시 해야 한다네

· **환장할 소식**

뉴스에서 돌팔이라고 잡혀가네

· **좋은 소식**

아이가 상을 타왔네

· **나쁜 소식**

옆집 애도 타왔네

· **환장할 소식**

아이들 기 살린다고 전교생 다주었다네

아내와 남편의 4행시

아내가 여행을 가며 냉장고에 '까불지마' 라고 메모를 붙였다. 그 뜻인즉,

- **까**(가)스 조심 하고
- **불**조심 하고
- **지**퍼 함부로 내리지 말고
- **마**누라에게 전화하지 말라

이를 본 남편,
그 즉시 메모를 떼어내고 대신 '웃기지마' 라고 붙였다.
그 뜻인즉, (아내가 여행 가고 없으니)

- **웃**음이 절로 나오고
- **기**분이 너무 좋고
- **지**퍼 내릴 일 더욱 많아지고
- **마**누라에게 전화할 시간마저 없네

영구의 중고차

영구가 자신의 오래된 차를 팔려고 했다. 하지만 영구의 차는 25만㎞나 달린 헌차라서 아무도 사려고 하지를 않았다. 영구가 하루는 친구에게 고민을 얘기하자 친구가 말했다.

친구 : 한 가지 방법이 있긴 한데, 이건 불법이야.

영구 : 괜찮아! 차만 팔 수 있으면 돼!

친구 : 좋아, 그럼 이 사람에게 연락해 봐. 내 친구인데 자동차 정비소를 하거든. 내가 소개했다고 하면 숫자를 5만으로 고쳐줄 거야. 그럼 팔기 쉬워질 거야.

몇 주 뒤에 친구가 영구에게 전화를 했다.

친구 : 차 팔았니?

영구 : 왜 차를 팔아? 이제 5만㎞밖에 안 탔는데?

"나이가 70살인 남자와 20대 처녀가 같이 잠을 잤답
니다."

"……?"

모두 무슨 이야기를 하려고 그러나 싶어 서로 얼굴만
쳐다보는데,

"밤새 잠을 자고 아침에 일어나 보니 한 사람이 죽어
있더랍니다."

라고 이야기를 이어갔다. 그래서 내가,

"그래서요?"

라고 박자를 맞춰주니 옆에 있던 사람이,

"죽은 사람이 70살 남자겠습니까? 20대 처녀겠습니
까?"

라고 말을 했다.

"그야 물론 70살 남자겠지."

이구동성으로 말하는데 그 중 맞은편에 앉아 있던 젊
은 처녀가 신중한 모습으로,

"죽은 사람은 20대 처녑니다."

"왜요~~???"

다른 사람들이 모두 그 처녀를 쳐다보면서 묻는 것이다.

처녀가 대답하기를,

"왜냐하면~ 유효 기간이 지난 것을 먹었으니 처녀가 죽을 수밖에……."

할아버지의 착각

    열심히 돈만 모으던 구두쇠 할아버지가 더 늙기 전에 돈도 좀 쓰고 외국 여행에 한 번 가볼까 하고 외환은행에 가서 직원에게 환전을 해달라고 하였다.

    할아버지 : 아가씨 돈 좀 바꿔줘요.
    아가씨 : 네~ 애나(엔화) 드릴까요? 딸나(달러) 드릴
            까요?

    가만히 듣고 있던 할아버지!
    '아니, 내가 돈이 많다는 걸 어떻게 알고~ 나이도 젊은 아가씨가 참 당돌도 하네.'
하고 생각했지만 그래도 젊고 예쁜 아가씨가 애나 드릴까요? 딸나 드릴까요? 하니 내심 기쁘고 흐뭇해서 할아버지가 아가씨에게 얼른 말했다.
    "아가씨~ 이왕이면 아들을 낳아줘!!!"

옛날과 요즘

옛날 엄마 : 너 다리 밑에서 주워왔어!

요즘 엄마 : 너 인터넷에서 다운받았어!

옛날 시어머니 : 전어 철이 되면 집 나간 며느리도 돌아온다.

요즘 시어머니 : 집 나간 며느리 돌아올까 봐 대문 걸어 잠그고 먹는다.

센스 유머

- **3개 국어를 동시에?**
  핸들 이빠이 꺾어

- **쓰레기통에 뚜껑을 덮어 놓은 이유는?**
  먼지 들어갈까 봐

- **아몬드가 죽으면?**
  다이아몬드

- **애 낳다가 죽은 여자?**
  다이애나

- **'당신은 시골에 삽니다.' 를 세 자로 줄이면?**
  유인촌

- **꽃이 제일 좋아하는 벌?**
  재벌

■ 콜라와 마요네즈를 섞으면?
버려야 한다

■ 곤충의 몸을 3등분하면?
죽 는 다

■ 뉴코아 백화점이 무너지지 않는 이유?
리본으로 묶어 놓아서

■ 가짜 휘발유를 만들 때 가장 많이 들어가는 재료는?
진짜 휘발유

■ 무엇이든지 혼자 다 해먹는 사람은?
자취생

■ 소금이 죽으면?
죽염

비밀의 화장실

　어느 날 동팔이가 등굣길에 배가 아파서 가까운 지하철 화장실로 급하게 뛰어 들어갔다.

　그런데 화장실에 들어서자 세 칸 중에서 두 번째와 세 번째 칸에는 사람들이 줄을 서 있는데 첫 번째 칸에만 아무도 서 있지 않은 것이었다.

　동팔이는 첫 번째 칸이 엄청나게 더러운가 보다고 생각하며 두 번째 칸 맨 뒤에 섰다.

　한참을 서 있다가 더는 참을 수 없었던 동팔이는 첫 번째 화장실 문을 열고 들어갔다.

　그런데 의외로 깨끗한 화장실!

　얼른 들어가서 일을 보려는데 화장실 옆 벽에 굉장히 야한 낙서가 있는 게 아닌가?

「누나가 어쩌고～～ 저쩌고～～ 친구가 낮잠을 자는데 어쩌고～～ 저쩌고…….」

여하튼 야한 내용이었는데 한참 흥미진진하다가 아주 결정적인 순간에 내용이 딱 끊겨버린 것이었다.
그리고는 제일 마지막 줄에 이렇게 쓰여 있었다.
– 다음 칸에 계속 –

■ 헤어질 때

- 너랑 나는 안 맞아. 이젠 니 싸이만 가도 렉이 걸려.
- 넌 공짜폰이었어!(헉 슬프다.)
- 나 듀얼코어다. 미안해!

■ 작업걸 때

- 네 피부는 HDTV 고화질로 봐도 깨끗해!
- 네 이름다움을 컴퓨터에 담으려면 TB도 모자라!
- 아이폰처럼 터치하고 싶어.
- 널 실시간 자동로밍하면 얼마나 좋을까?!

■ 협박할 때

- 네가 자는 모습 실시간 검색어 1위로 만들 수도 있어.
- 포토샵 안 하고 올린다.
- 전원 끈다.

- 다 삭제한다.
- 아이템 떨어뜨린다.

■ 위로할 때

- 괜찮아, 네 폰은 DMB에 영상통화도 되잖아.
- 괜찮아, 걔가 만 렙이면 뭐해! 일차 전직이야! 너는 이차 전직에 렙만 낮은 거야. 네가 훨씬 아까웠어!
- 영어는 지식인에 번역해 달라고 하면 돼. 울지 마!
- 괜찮아, 너에겐 아직 incoming 폴더가 남았잖아. 희망은 있어.

아침에 일어나 양치하려고 화장실에 갔다.
내 칫솔을 도대체 찾을 수가 없었다.
색깔도 기억이 안 난다.

점심에 자장면 한 그릇을 다 먹었다.
내 자장면 그릇에 한 입만 베어 먹은 단무지가 7개나
있었다.

지금 내가 쓰고 있는 이 이야기를 누구에게 들었는지
아무리 생각해 봐도 도저히 모르겠다.

현상 수배범

　유치원에서 경찰서로 견학을 갔는데 아이들이 벽에 붙어 있는 현상 수배범들의 사진을 보고 한 아이가 선생님에게 물었다.

　"선생님, 경찰 아저씨들이 저 사람들을 찾고 있나요?"

　"그렇단다."

　그러자, 한 아이가 잠시 생각하더니 물었다.

　"그럼, 저 사진을 찍을 때 왜 안 잡았대요?"

초보 vs 중수 vs 고수

■ 번개팅

초보 - 언젠가는 킹카가 나타나겠지!

중수 - 폭탄만 아니라면 감지덕지!

고수 - 여자에게 쓸 돈으로 복권을 산다.

■ 바람둥이

초보 - 애인이 통화 내역을 조사하면 딱 걸린다.

중수 - 핸드폰이 두 개다.

고수 - 항상 애인 통화 내역을 조사한다.

■ 폭탄

초보 - 상대가 싫어하는지 좋아하는지조차 모른다.

중수 - 상대의 눈치를 봐서 자리를 피한다.

고수 - 상대를 의식하지 않고 마음껏 즐긴다.

■ 구직자

초보 - 이력서 한 장에 뭘 쓸까? 고민한다.

중수 - 이력서 한 장쯤은 10분도 안 걸린다.

고수 - 인터넷으로 이력서 대필 장사를 한다.

■ 군인

초보 - 여자만 보면 아주 환장을 한다.

중수 - 할머니만 봐도 뒤집어진다.

고수 - 신병이 여자로 보인다.

■ 멍멍이

초보 - 복날 자체를 아예 모른다.

중수 - 복날엔 외출을 삼간다.

고수 - 복날엔 보신탕 쓰레기통을 뒤져 포식한다.

국수와 국시의 차이점

국수는 밀가루로 만들었고, 국시는 밀가리로 맹글었습니다.

■ 밀가루와 밀가리의 차이점을 아십니까?
  - 밀가루는 봉지에 넣어 팔고, 밀가리는 봉다리에 넣고 팝니다.

■ 봉지와 봉다리의 차이점을 아십니까?
  - 봉지는 가게에서 팔고, 봉다리는 점빵에서 팝니다.

■ 가게와 점빵의 차이점를 아십니까?
  - 가게에는 아주머니가 있고, 점빵에는 아지매가 있습니다.

■ 아주머니와 아지매의 차이점을 아십니까?
  - 아주머니는 아기를 업고 있고, 아지매는 얼라를
    업고 있습니다.

■ 아기와 얼라의 차이점을 아십니까?
  - 아기는 누워 자고, 얼라는 디비잡니다.

번호표

한 남자가 은행 창구에 속도위반 벌금을 내러 왔다.

직원 : 번호표를 뽑아오세요.
남자 : 정말 번호표를 뽑아야 해요?
직원 : 그럼요, 뽑아오셔야 돼요!

아저씨는 큰 소리로 투덜대며,
"아이~! 왜 번호판을 뽑아오라고 하는 거야!"
하고는 사라졌다.
한참 후……!
이 남자, 자기 차의 번호판을 내밀면서 말했다.
"여기 번호판 가져왔어요!!!"

　한 남자가 친구들이 모인 자리에서 여자 꼬시는 방법
에 대해 얘기를 했다.
　"너, 참 대단해! 여자 꼬실 때 편지를 쓴다면서?"
　"응, 그럼! 모두들 그걸 받아 보고는 눈물을 글썽이곤
하지."
　"어떻게 써야 되는 거야, 어떤 내용으로……?"
　"별거 아냐. 그냥 오늘밤 데이트 하자고…….'
　"그런데 여자가 감동을 한다고?"
　"쓰는 편지지가 좀 특이해."
　"어떻게?"
　"응, 100만 원짜리 수표 뒤에다 쓰거든……."

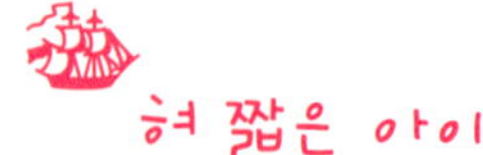

혀가 짧은 지윤이가 친구와 초원갈비에서 만나기로
했다.

지윤이가 초원갈비가 어디에 있는지 몰라서 114에
전화를 했다.

"네 무엇을 안내해드릴까요?"

"초원갈비요."

"네, 소원갈비 말씀이십니까?"

라고 하자, 초원갈비라고 정정하려고 했는데 바로 전화
번호로 넘어가 버렸다.

하는 수없이 지윤이는 다시 114에 전화를 했다. 그런
데 이번에도 소원갈비를 연결해 주는 것이 아닌가.

오기가 생긴 지윤이는 다시 전화를 해서,

"초원갈비요! 초록색 초! 소원할 때 원!"

이라고 고함을 쳤다.

그런데 다른 동네로 연결되어 버렸다. 너무 화가 난
지윤이는 다시 전화를 했다.

“네, 고객님! 안녕하십니까?”
“안녕 못 해!!!!!!!!!!!!!!!!!!!!”
그러자, 상담원이 말했다.
“네네, 안녕모텔 말씀이십니까?”

티코 탄 아줌마

어느 날 티코 탄 아줌마가 즐겁게 쇼핑을 나섰다.

날씨도 좋고 아주 기분도 상당히 굿~!

그런데 신호에 걸려서 차를 잠시 멈추고 기다리고 있었다. 그때 옆 차선에 그랜저를 탄 아줌마가 잘난 체하려고 티코 탄 아줌마한테 껌을 짝짝 씹으며 물었다.

"언니~ 그 티코 얼마주고 샀어?"

그러자 티코 탄 아줌마는,

"별꼴을 다보겠네."

하며 쌩~ 하고 계속 달렸다.

어느 정도 달리다가 빨간불이 들어와 또 멈춰 섰을 때, 그랜저 탄 아줌마가 옆에 멈춰 서서는 다시 물었다.

"언니!! 그 티코 얼마주고 샀냐니깐~!"

티코 탄 아줌마는 다시 쌩하고 달렸다.

잠시 후 또 빨간불!

티코 탄 아줌마가 멈추자 그랜저 타고 온 아줌마가 옆에 멈춰 서서 다시 물었다.

“언니~! 그 티코 얼마주고 샀냐고 물었잖아.”
그러자 티코 탄 아주머니 왈~!
“야 이 가시네야~! 벤츠 사니까 덤으로 주더라.”

손오공의 분신

어느 날 손오공이 100명을 상대로 싸움을 하게 되었다.

자기 혼자는 도저히 안 될 것 같아 머리카락을 99개 뽑아서 자신의 분신을 만들었다.

열심히 싸우고 있던 중, 진짜 손오공이 둘러보니 분신 하나가 힘이 없이 비실비실하게 싸우고 있는 것이다. 화가 난 손오공이 그 비실비실한 분신에게 가서 물었다.

"야, 너 왜 이리 힘이 없어?"

이에 분신이 대답하기를,

"전 새치인데요."

가장 높은 집

　어느 날 학교에서 아이들끼리 누구네 집이 가장 높은지를 자랑했다.

　"우리 집은 18층이다."

　"우리 집은 30층이다."

　산동네에 살고 있던 영구가 가만히 듣고 있다가 한마디 했다.

　"너희들, 약수터에 물 뜨러 내려가야 하는 집 봤어?!"

남편의 부고 광고

남편을 잃은 어느 부인이 신문사에 전화를 걸어 부고 광고를 게재하겠다고 했다.

그녀는 담당자에게 전화를 걸어 '홍길동 숨지다.' 라고 써 달라고 했다.

그러자 담당자는,

"10만 원 내시는 거니까 세 단어를 더 추가할 수 있는데요."

라고 귀띔했다.

그러자 부인은 다시 부탁했다.

"그럼 '홍길동 숨지다. 벤츠 자동차 팝니다.' 라고 써 주세요."

방 번호 천 백십일

단체로 미국 여행길에 나선 국회의원들이 호텔방에 짐을 풀자마자 고스톱판을 벌였다. 계속 피박을 쓰던 한 의원은 속이 바싹바싹 탔는지 냉커피가 마시고 싶어졌다. 영어를 못 하는 그 의원이 슬금슬금 눈치를 보면서 말했다.

"어이, 누가 냉커피 좀 시키지……?"

그러자 모두들 못 들은 척 딴 짓을 했다.

잠시 후 해외 유학파라던 한 의원이 용감하게 전화기를 들더니 큰 소리로 외쳤다.

"웨이러, 히어 아이스커피 텐 천 백십일 룸!"

다른 의원이 뭔가 이상하다는 듯 물었다.

"천 백십일이라고 하면 알까?"

그러자 그 의원이 한심스럽다는 듯이 말했다.

"무식하긴… 아라비아 숫자는 만국 공통이야, 알아?"

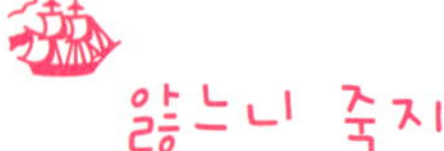

어떤 사람이 맹장 수술을 받으러 병원에 갔다.

그런데 그 담당의사는 건망증이 매우 심한 사람이어서 수술을 하다 그만 메스를 환자의 뱃속에 넣고 봉합해 버렸다.

나중에 실수를 깨달은 의사가 다시 뱃속을 열었는데, 이번에는 가위를 넣고 봉합을 했다. 할 수 없이 또 뱃속을 열고 있는데 수술 예정 시간이 지나 환자가 마취에서 깨어나 버렸다.

수술 과정을 모두 알게 된 그 환자는 어이가 없어 이렇게 말했다.

"차라리 지퍼를 다쇼, 지퍼를!"

노숙자

한 아가씨가 낮술을 먹고 어지러워 공원 의자에 앉았다.

주위에 아무도 없자 아가씨는 하이힐을 벗고 의자 위로 올라가 다리를 쭉 펴고 졸았다.

노숙자가 아가씨에게 어슬렁거리며 다가오더니 말을 걸었다.

"이봐, 아가씨! 나하고 연애할까?"

깜짝 놀라 잠이 달아난 아가씨가 노숙자를 째려보며 말했다.

"어떻게 감히 그런 말을 저한테 할 수 있죠?"

아가씨는 화가 나는지 목소리를 높여가며 계속 따졌다.

"이봐요!! 나는 당신 같은 사람이 접근할 수 있는 그런 싸구려 연애 상대가 아니에요!"

노숙자는 눈을 꿈쩍도 하지 않고 아가씨에게 말했다.

"그럴 마음도 없으면서 왜 내 침대에 올라가 있는 거야?!"

착각

■ 아줌마

화장하면 다른 사람 눈에 예뻐 보이는 줄 안다.

■ 연애하는 남녀

결혼만 하면 깨가 쏟아질 줄 안다.

■ 시어머니

아들이 결혼하고도 부인보다 엄마를 먼저 챙기는 줄
안다.

■ 장인 장모

사위들은 처갓집 재산에 관심 없는 줄 안다.

■ 남자들

못생긴 여자는 꼬시기 쉬운 줄 안다.

■ **여자들**

남자들이 같은 방향으로 걷게 되면 관심 있어 따라오는 줄 안다.

■ **부모들**

자식들이 나이 들면 효도할 줄 안다.

■ **육군 병장**

자기가 세상에서 제일 높은 줄 안다.

■ **아가씨들**

자기들은 절대 아줌마가 안 될 줄 안다.

■ **회사 사장**

종업원들을 다그치면 다 열심히 일하는 줄 안다.

■ **아내**

자기 남편은 젊고 예쁜 여자에게 관심 없는 줄 안다.
남편이 회사에서 적당히 해도 안 잘리고 진급되는 줄 안다.

■ **꼬마들**

울고 떼쓰면 다 되는 줄 안다.

■ **엄마들**

자기 자식이 머리는 좋은데 열심히 안 해서 공부를
못 하는 줄 안다.

■ **대학생들**

철이 다 든 줄 안다.
대학만 졸업하면 앞날이 활짝 열릴 줄 안다.

■ **남편**

살림하는 여자들은 집에서 노는 줄 안다.

호랑이가 자살한 이유

옛날에 호랑이 새끼 한 마리가 살았다.

그 호랑이는 자기가 정말 호랑이인지 궁금하여 엄마 호랑이에게 물어보았다.

"나 호랑이 맞아요?"

"그래! 넌 진짜 호랑이란다!"

그래도 미심쩍은 새끼 호랑이는 할머니 호랑이에게 다시 물었다.

"할머니! 나 진짜 호랑이 맞아요?!"

"그럼! 넌 정말 멋있는 호랑이야!!"

새끼 호랑이는 자신이 정말 호랑이라는 것을 알고 의기양양하게 숲길을 어슬렁어슬렁 걸어 내려가고 있었다.

그때, 숲길 저 위에서 '선녀와 나무꾼'에 나오는 나무꾼이 옷을 가지고 급히 뛰어오고 있었다. 호랑이는 그래도 길 한복판을 어슬렁거리며 가고 있었다.

호랑이 근처까지 다다른 나무꾼이 하는 말,

"비켜, 개새끼야!!!"

수학 시간에 썰렁이에게 선생님이 문제를 냈다.

선생님 : 1+1은 얼마지?
썰렁이 : 잘 모르겠는데요.
선생님 : 넌 정말 밥통이구나. 이렇게 간단한 계산도
　　　　못 하다니……. 예를 들면, 너와 나를 합치
　　　　면 얼마나 되느냐 말이야?
썰렁이 : 그거야 쉽지요.
선생님 : 그래 얼마니?
썰렁이 : 밥통 두 개요.

산부인과

예비 아빠들이 아기가 태어나기를 기다리고 있었다.

간호사 : 쌍문동에서 오신 손님 쌍둥이입니다.
아빠 1 : 나는 삼양동에서 왔으니 세 쌍둥이란 말인가?
아빠 2 : 나는 구의동에서 왔는데 아홉 쌍둥이란 말
　　　　이오?

바로 옆에 있던 한 아빠가 기절을 했다.

아빠 1, 2 : 여보시오! 정신 차리시오!
아빠 3 : 나는 천호동에서 왔는데 정신 차리게 됐소?

그런데 복도에 있던 한 남자가 죽었다. 알고 보니 그
의 집은 만리동이었다.

늙은 나무꾼이 나무를 베고 있었다.

개구리 : 할아버지! 할아버지!
나무꾼 : 거, 거기… 누구요?
개구리 : 저는 마법에 걸린 개구리예요.
나무꾼 : 엇! 개구리가 말을?
개구리 : 저한테 입을 맞춰주시면 사람으로 변해서
　　　　할아버지와 함께 살 수 있어요. 저는 원래
　　　　하늘에서 살던 선녀였거든요.

그러자 할아버지는 개구리를 집어서 나무에 걸린 옷
의 호주머니에 넣었다.
그러고는 다시 나무를 베기 시작했다.

개구리 : 할아버지! 나한테 입을 맞춰주시면 사람이
　　　　돼서 함께 살아드린다니까요!

나무꾼 : 쿵! 쿵!(무시하고 계속 나무를 벤다.)

개구리 : 왜 내 말을 안 믿어요? 나는 진짜로 예쁜 선
녀라고요!

나무꾼 : 믿는다, 믿어. 믿고말고…….

개구리 : 그런데 왜 입을 맞춰주지 않고 나를 주머니
속에 넣어두는 거죠?

나무꾼 : 나는 예쁜 여자가 필요 없어. 너도 내 나이
되어 봐. 개구리 너와 얘기하는 것이 더 재
미있지. 알았냐?

남편이 아내에게 수수께끼를 냈다.

"당신이 기차의 기관사야, 기차가 처음 역을 출발할 때 손님이 39명 있었거든. 그런데 다음 역에서는 내린 사람이 없고 4명이 탔어. 그럼 기관사 이름이 뭐야?"

"순 엉터리야! 내가 그걸 어떻게 알아요?"

숫자를 더하고 빼는데 온통 신경을 쏟던 아내가 버럭 신경질을 낼 수밖에…….

"바보! 맨 처음 당신이 기관사라고 했잖아!"

울면 보여줄게

한 여자가 늦둥이를 낳았다.
친척들이 모여 아이를 보자고 하자 여자가 말했다.
"아직 안 돼요!"
잠시 후에 또 친척들이 아이를 보자고 했다. 그때도
여자가 고개를 저었다.
친척들이 궁금해져서 여자에게 물었다.
"언제쯤 아이를 볼 수 있어요?"
그 여자가 말했다.
"아이가 울면 보여줄게요."
"왜 아이가 울 때만 볼 수 있죠?"
그러자 여자가 자신도 답답한 듯 가슴을 치며,
"어디에 뒀는지 기억이 안 나잖아요."

아이가 어느 날 엄마께 물었다.
"엄마~ 아빤 왜 머리카락이 조금밖에 없어요?"
그러자 엄마 왈,
"응~ 그건 아빠가 생각을 많이 하셔서 그런 거란다."
순간적으로 대머리 남편에 대한 센스 있는 답변을 했
다고 생각한 엄마는 속으로 쾌재를 부르고 있었다.
그때 다시 아이가 다시 묻길,
"그럼 엄만 왜 그렇게 머리숱이 많아요?"

아들의 편지

추운 겨울에 아들을 군대에 보낸 엄마가 아들이 너무 보고 싶은 마음에 일주일에 한 번씩 편지를 보냈다.
시간은 흘러 어느 여름날,
엄마는 여느 때와 마찬가지로 아들에게 편지를 썼다.

보고 싶은 내 아들!
네가 얼마나 그리운지 아직도 네 침대에는 너의 온기가 그대로 남아 있는 듯 따끈따끈하구나.

그로부터 얼마 후, 기다리던 아들의 편지가 왔다.

보고 싶은 어머님께!
제 방 침대 시트 밑에 있는 전기장판 깜빡 잊고 그냥 입대했네요.
꼭… 코드를 빼주세요.

1. 오랜 봉사활동 끝에 빛을 본 사람은?
   - 심봉사

2. 콧구멍이 두 개인 이유는?
   - 하나면 콧구멍 후빌 때 숨 막혀 죽을까 봐

3. 바닷물이 짠 이유는?
   - 물고기가 땀나게 뛰어놀아서

4. 닭이 길 가다 넘어진 것을 두 글자로 줄이면?
   - 닭꽝

5. 형과 동생이 싸우는데 가족들은 모두 동생편만 든
   다. 이 문제를 간단히 말하면?
   - 형편없는 세상

6. 쥐가 네 마리 모였다. 이 말을 두 글자로 줄이면?

   – 쥐포

7. 억세게 재수 없으면서도 그런 대로 운이 좋은 사나
이는?

   – 앰뷸런스에 치인 사나이

8. 서울 시민 모두가 동시에 고함을 지르면 무슨 말이
될까?

   – 천만의 말씀

9. '개가 사람을 가르친다.' 를 네 글자로 줄이면?

   – 개인지도

10. 토끼가 제일 잘하는 것은?

   – 토끼기(도망치기)

11. 신혼이란?

   – 한 사람은 신나고 한 사람은 혼나는 것

12. '원더우먼' 을 평안도식 사투리로 말하면?
   – 방방 뜨는 에미나이

13. '현모양처' 란?
   – 현저하게 히프 모양이 양쪽으로 처진 아가씨

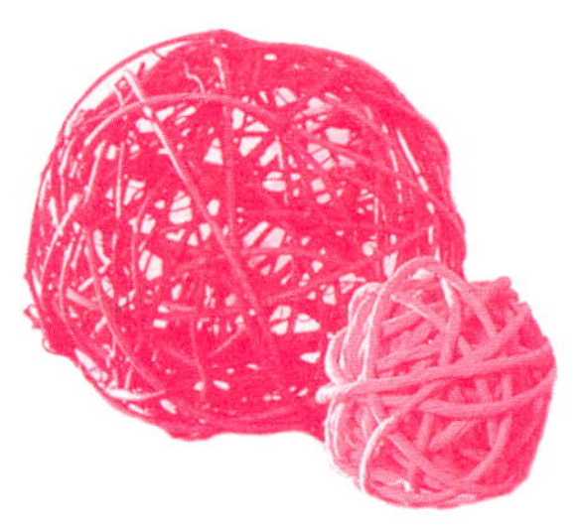

사거리 음식점

　사거리에 있는 한 음식점이 장사가 안 돼서 홍보회사에 간판 교체와 홍보를 부탁했다.
　홍보회사 직원이 음식점 사장에게 이 음식점의 특징을 알려달라고 했지만 사장은 자기도 모른다고 했다.
　답답한 직원이 정 안 되면 이 동네의 특징이라도 알려달라고 하자 주인은 우물쭈물 대답했다.
　"음식도 특별한 게 없고, 동네도 별 다른 게 없어요. 아, 이 사거리가 교통사고 잘 나기로 유명해요."

　며칠 후 홍보회사에서 보낸 새 간판에는 이렇게 적혀 있었다.

　교통사고 제일 잘 보이는 집

제2장

유머 톨게이트 통과

결혼 생활의 비결

　아내에게 존댓말을 써주는 것이 행복한 결혼생활의 비결이라고 생각하는 남편이 아내에게 말했다.

　"야 마누라야! 오늘은 특별히 너를 위하는 뜻에서 존댓말을 써줄게, 그럼 시작한다. 여보! 부인! 나로부터 3미터 거리에 떨어져 있는 재떨이 좀 갖다주면 좋겠소."

　"또 심부름? 여기 있어요."

　"고맙소, 부인! 어? 그런데 담배 떨어졌네? 부인! 미안하지만 담뱃가게에 가서 담배 한 갑만 사다주구려."

　그러자 부인에게서 튕겨져 나오는 소리!

　"싫어 인마! 반말 써도 괜찮으니까 심부름 좀 시키지 마!"

수술의 이유

어느 병원에 환자 세 명이 한 병실을 쓰고 있었다.

하루는 환자 한 명이 수술을 마치고 병실로 들어오며 말했다.

"여러분! 수술은 성공적으로 마친 것 같습니다."

그러자 시무룩하게 있던 한 환자가 말했다.

"그렇게 좋아할 것 없습니다. 저는 수술용 칼을 넣고 꿰매서 배를 째고 다시 꿰맸습니다."

수술을 방금 마치고 돌아온 환자가 깜짝 놀라자 다른 한 환자가 그들을 비웃듯이 한 마디 했다.

"저는 장갑을 넣고 꿰매서 다시 수술했습니다."

그때 병실 문이 스르~륵 열렸다.

의사가 머리를 빼~꼼 내밀며 모기만한 소리로 하는 말……!

"혹시! 제 모자 보신 분 없습니까?"

유머로 보는 혈액형

■ 모르는 사람의 번호가 부재중일 때

A형 : 친구들한테 물어본다.

B형 : '야, 너 누구야?' 라며 전화 건다.

O형 : 문자 날린다.

AB형 : 왠지 기분 나쁘다. 그래도 전화는 건다.

■ 고백 받았을 때

A형 : 응? 뭐라고? 못 들은 척!

B형 : 네가 날 좋아해?

O형 : 아… 진짜?

AB형 : 내가 어디가 좋아?

■ 싫어하는 애가 친한 척할 때

A형 : '어, 그래.' 라며 조금 차가워진다.

B형 : 저리로 가서 놀아라 좀.

O형 : (일단 놀아주는 척한 다음에) 아이~ 쟤 뭐야?

AB형 : 튄다.

■ 성적이 무척 못 나왔을 때

A형 : 울진 않지만 짜증낸다.

B형 : 찢는다.

O형 : (아무 말 없이 좌절하다가 다시 원상태로 돌아와)
　　　헐~ 됐어~ 괜찮아.

AB형 : 엄마한테 변명할 말을 만든다.

오늘의 선물

■ 하늘의 별따기보다 힘든 것

앙드레 김에게 …………… 검은 옷 입히기
스님 머리에 …………… 딱핀 꽂기
장가간 아들 …………… 내 편 만들기
펀드에 맡긴 돈 …………… 원금 되찾기

■ 선생님 시리즈

20대 선생님 …………… 어려운 것만 가르친다
30대 선생님 …………… 중요한 것만 가르친다
40대 선생님 …………… 이론(원칙)만 가르친다
50대 선생님 …………… 아는 것만 가르친다

■ 잊었던 첫사랑이 또 아픔을 주네!!

잘 살면 …………… 배 아프고
못 살면 …………… 가슴 아프고
같이 살자고 하면 …………… 머리 아프고

손자 교육의 중요성

　4살 된 아들을 시어머니께 맡기고, 직장 생활하는 며느리가 점심 먹고 집에 전화를 걸었다.

아들 :　여보세요?

엄마 : 아들! 맘마 묵은나? 할머니는 머하노?

아들 : 디비잔다.

엄마 : (황당! 시어머니가 손자 듣는데 말을 함부로 한다
　　　　싶어 말씀드리려고) 할머니 좀 바꿔줘!!

아들 : 깨우면 지랄할낀데…….

수위 아저씨의 최후

　어머니와 아들 셋이서 함께 살고 있었다. 각각 1, 2, 3학년인 아들들이 오늘따라 도시락을 빠뜨리고 학교에 갔다. 어머니는 도시락을 싸서 학교로 달려가서 큰 소리로 큰아들을 불렀다.

　"종철아!"

　깜빡 졸고 있던 수위 아저씨가 깜짝 놀라서 종을 쳤다. 어머니는 종철이가 아무 대답이 없자 둘째아들 이름을 불렀다.

　"또철아!"

　수위 아저씬 또 종을 쳤다, 또철이도 대답하지 않자, 어머니는 막내아들을 부르기 시작했다.

　"막철아!"

　그러자 수위 아저씨는 막 종을 쳤다. 그 다음날 그 수위 아저씨는 학교에서 다시 볼 수가 없었다.

칠칠이와 팔팔이

칠칠이가 산에 놀러갔다가 보물을 발견했다.

칠칠이는 생각 끝에 땅 속에다 보물을 묻기로 했다.

아무도 찾을 수 없다고 생각하며 내려오는데 자신이 이곳을 못 찾을 것 같았다.

표시를 해야겠다고 생각한 칠칠이는 글을 써 놓았다.

'여기 칠칠이가 보물을 묻어 놓지 않았음!'

그 다음날 팔팔이가 산에 올라가 놀다가 칠칠이가 써 놓은 글을 발견하고 그 보물을 훔쳐갔다. 그리고 칠칠이와 같이 생각 끝에 글을 써 놓았다.

'팔팔이가 보물 안 가져갔음!'

썰렁이는 겨울비가 내리는 거리를 우산도 없이 코트 깃을 세운 채 무게 있게 걷고 있었다.

이 모습이 너무 멋지게 보였던 어떤 여자가 썰렁이에게 물었다.

"겨울비를 무척 좋아하시는 낭만적인 분이신 것 같아요. 우산도 쓰지 않은 채 걷고 계시니 말이에요."

이 말에 썰렁이는 여자를 노려보며 대답했다.

"우산이 없어서 그런다, 왜?"

개미의 복수

개미 한 마리가 길을 가고 있는데 코끼리가 그 개미를 밟아 죽였다.

사태가 이렇게 되자 죽은 개미 친구 3마리가 코끼리에게 복수를 하기로 하고 코끼리를 찾아 구석으로 몰아넣고는 첫 번째 개미가 목에 달라붙었다. 두 번째 개미는 등 위에 올라탔다. 마지막 세 번째 개미는 꼬리에 매달렸다.

첫 번째 개미가,

"이 새끼 목 졸라 죽여 버리자!"

그러자 두 번째 개미가,

"아니다, 콱 밟아 죽여 버리자!"

라고 말하니깐 세 번째 개미가 하는 말……

"일단 끌고 가자!"

백수의 TV 시청법

■ **평상시**
- 집에서 바닥에 배 깔고 드러누워 TV 본다.

■ **근사한 밤을 보내고 싶을 때**
- TV에 여러 가지 장식을 달아주고 본다. 곰돌이 인형이라든지…….

■ **보람된 일을 하고 싶을 때**
- 교양 프로그램이나 퀴즈 프로그램을 본다.

■ **죽도록 심심할 때**
- 안방에 있는 TV까지 거실에 갖다 놓고 동시에 두 개의 채널을 시청한다.

■ **항상 보는 방송이 지겨울 때**
- 옆집에 놀러가서 TV 본다.

■ 나만의 개성 있는 일을 하고 싶을 때
　－ TV를 거꾸로 놓고 시청한다.

■ 다이내믹한 모험을 해보고 싶을 때
　－ 동네에서 가장 무서운 집의 TV를 훔쳐다가
　　본다.

■ 북한의 불쌍한 어린이들을 볼 때
　－ 라디오로 청취하거나 흑백으로 TV를 본다.

머리카락이 3개밖에 없는 아저씨가 이발소에 갔다.
자신의 머리를 정성스럽게 쓰다듬으면서 이렇게 말했다.

아저씨 : 머리 좀 따주쇼!
이발사 아저씨 : (어처구니없는 표정으로) 뭐요???

그러나 이발사 아저씨는 정성스럽게 머리를 땋아 내렸다. 그런데 아차차!! 그만 머리카락 하나가 빠진 것이었다. 대머리 아저씨는 무척 화를 내며 말했다.

아저씨 : 가르마나 타주쇼!
이발사 아저씨 : 컥…!

이번만큼은 절대로 실수해서는 안 되겠다 싶어서 이발사 아저씨는 조심조심 가르마를 타 나갔다.

그런데 아이쿠, 이게 웬일인가! 또 머리카락 하나가 빠져버린 것이었다. 대머리 아저씨는 무척 화를 내며,

아저씨 : 무스를 발라서 세워라도 주쇼!
이발사 아저씨 : 아이쿠…!

이발사 아저씨가 그만 너무 마음을 졸였는지 무스를 발라 세우는 도중에 또다시 마지막 남은 머리카락마저 빠지고 말았던 것이었다.
이발사 아저씨는 이제는 죽었구나 싶어서 숨을 죽이고 가만히 있는데 대머리 아저씨 왈,

"(모든 걸 포기한 듯이) 그냥 광이나 내주쇼!"

프랑스인, 미국인, 일본인, 한국인, 그리고 기타 여러 인종이 비행기에 타고 있었다. 그런데 갑자기 비행기에서 연기가 올라오며 추락을 하는 것이었다. 사람들은 모두 절망하며 울부짖었다.

순간! 부조종사가 객실로 오더니,

"3명만 비행기 밖으로 나가면 나머지는 살 수 있습니다!"

라고 하는 것이었다. 사람들은 순간 모두 망설일 수밖에 없었다. 다 같이 죽을 것인가, 3명만 죽을 것인가…….

별안간 프랑스인이 벌떡 일어서더니,

"죽음도 예술이다!"

라며 비행기 밖으로 뛰어내렸다.

'짝! 짝! 짝!'

프랑스인이 뛰어내리자 곧이어 미국인이 일어나더니,

"세계 최강 미국 만세!"

라며 비행기 밖으로 뛰어내렸다.

　'우~ 우~ 우~!'

　모두 망설이고 있는 순간! 자랑스러운 한국인이 벌떡 일어나더니 '대한독립 만세!'를 외치며, 옆에 있던 일본인을 잽싸게 비행기 밖으로 집어던졌다.

착한 곰 이야기

어느 날 한 소년이 깊은 산속을 걷고 있었다. 소년은 워낙 깊은 산속을 걷는지라 호랑이나 곰이 나올까봐 두려웠다. 아니나 다를까 소년이 걱정한 대로 곰이 나타났다. 소년은 전에 어떤 사람이 곰이 나타났을 때 죽은 척해서 살았다는 말이 생각났다.

소년은 곧바로 죽은 척했다. 하지만 그 곰은 착한 곰이었다. 그 곰은 길에서 죽은 사람을 보고는 그냥 지나칠 수 없었다.

그래서 그 사람을 양지바른 곳에 묻어줬다.

토끼의 집념

토끼가 약국에 찾아가서 물었다.

"당근 있어요?"

약사가 없다고 하자 그냥 돌아온 토끼는 그 다음날 또 가서 물었다.

"당근 있어요?"

"없대두~~!"

다음날 토끼가 그 약국을 또 찾아가 물었다.

"당근 있어요?"

"없어! 한 번만 더 귀찮게 물어보면 가위로 귀를 칵~ 잘라버린다~!"

다음날 또 토끼가 그 약국을 찾아갔다.

"아저씨 가위 있어요?"

"아니."

그러자 또 물었다.

"당근 있어요?"

귀여운 아기

어느 날 엄마는 외출하고 아빠가 다섯 살짜리 아기를 돌보고 있었다.

아빠가 거실에서 신문 읽기에 열중하고 있는데, 아기가 컵에다 물을 받아 아빠에게 마시라고 주었다.

아빠가 칭찬을 해주며 그 물을 마셨다.

엄마가 돌아오자 아빠는 아기가 물을 떠다주었다며 엄마에게 자랑을 했고, 이야기를 다 들은 엄마는 피식 웃고 나서 말했다.

"여보, 아기가 손이 닿아 물을 받을 수 있는 장소는 오직 변기라는 사실을 알죠?"

순수한 아이

　지선이라는 아이가 비둘기에게 빵을 주고 있었다.

　빵을 던져주는 대로 쪼르르 쫓아다니며 빵을 먹는 비둘기들이 너무 귀여웠다.

　그때 갑자기 지나가던 어떤 아저씨가 마구 화를 내면서 말하길,

　"학생! 저 먼 아프리카 소말리아에는 많은 아이들이 굶주리고 있어! 근데 학생은 저런 새들에게 빵을 주는 거야! 그러면 안 되지~ 안 돼!"

　그러자 지선이는 태연스레 비둘기에게 맛난 빵을 뿌려주면서 말했다.

　"전 그렇게 멀리까지 빵을 던질 줄 몰라요!"

세대별 커플 버스 타는 형태

10대 커플

자리가 생겨도 서로 앉지 않고 둘이서 수다를 떨면서 간다. 가끔은 목소리를 높이기도 하면서…….

20대 커플

자리가 생기면 여자만 앉히고 남자는 서서 간다.
때론 같이 앉기 위해 맨 뒤로 가기도 한다.

30대 커플

주로 결혼한 상태여서 아이를 앉고, 기저귀 가방을 들고 탄다.

40대 커플

부인을 먼저 앉히고, 남편은 뒤로 떨어져서 앉는다.
그리고 애써 부인의 시선을 외면한다.

50대 커플

주로 아주마가 짐을 들고 타며, 아저씨는 먼저 뛰어가서 혼자 앉는다. 가끔은 아줌마가 자는 동안 아저씨 혼자 먼저 내리기도 한다.

60대 커플

말할 것도 없이, 선택의 여지도 없이 타는 순간 알아서 앉는다.

공주병

　여러 남자에게 둘러싸여 등산을 갔다가 숲속에서 길을 잃고 혼자 헤매던 공주병 말기 환자가 배고픔과 피로에 지쳐 쓰러졌다.

　그때 갑자기 주위가 어두워지더니 폭풍우가 몰아치기 시작했다. 머리 바로 위에서 번개가 번쩍번쩍 내리치자, 쓰러져 있던 공주병 환자가 벌떡 일어나 옷매무새를 고치며 하는 말!

　"어머, 누구야? 지금 날 사진 찍은 사람이……?"

불경기

고양이가 쥐를 쫓고 있었다.

처절한 레이스를 벌이다가 고양이가 그만 쥐를 놓쳐 버렸다. 아슬아슬하게 쥐가 쥐구멍으로 들어가 버린 것이었다.

고양이가 쪼그려 앉아서 갑자기,

"멍멍~! 멍멍멍!!"

하고 짖어댔다. 그러자 숨어 있던 쥐가,

"뭐야, 벌써 가버렸나?"

라고 말하며 머리를 구멍 밖으로 내밀었는데, 그 순간 고양이 발톱에 걸려들고 말았다.

의기양양하게 쥐를 물고 가며 고양이가 하는 말,

"요즈음 같은 불경기에 먹고 살려면 적어도 2개 국어는 해야지!"

어느 고등학교에서 선생님이 학생들에게 장래희망을 물어보았다.

"영철이는 커서 뭐가 될래?"

"네, 저는 우주과학자가 되고 싶습니다."

"영숙이는?"

"저는 여자니까 애 낳고 평범하게 살래요."

"상용이는?"

"저는 큰 꿈은 없고요, 영숙이가 애 낳는데 협조하고 싶습니다!"

이등병의 비애

어느 날 동네 목욕탕에 갔다.
옷을 벗고 있는데 군인 둘이 들어왔다.
하나는 이등병이고 하나는 병장이었다.
병장은 덩치가 엄청 크고 이등병은 체격이 왜소했다.
둘은 샤워를 한 후 병장이 말했다.
"야! 등 좀 밀어라! 끝나면 나도 밀어줄게."
이등병은 힘에 겨워하면서도 병장의 등을 정성스럽게 밀었다. 다 끝나자 병장이 이등병에게 돌아서라고 한 후 때수건을 등에 대고 말했다.
"좌우로 움직여!!"

어떤 아줌마가 시어머니를 태우고 어딘가를 가는 길이었다. 대부분 남자 운전자들이 여자 운전자들에게 먼저 길을 양보하는 편인데, 그날도 역시 많은 남자 운전자들이 아줌마에게 양보해 주었고 그때마다 아줌마는 고마워서 손을 한 번씩 들어주었다.

그걸 본 시어머니는 속으로 무슨 생각을 하시고는 집으로 가서서 아들에게 하는 말,

"며느리 함부로 밖에 내보내지 말그라. 만나는 남자마다 손들어주면서 아는 척하더라."

어묵과 김밥

어묵은 김밥을 매우 싫어했다. 겉과 속이 다른 놈이
라는 이유만으로.
그런데 어느 날 주인이 잠시 나간 틈을 타서 어묵은
포크를 집어 김밥을 마구 찔러댔다.
이어서 들리는 고통스런 비명소리!
"그만, 그만, 제발 그만!"
한참을 찌르다 지친 어묵이 쉬면서,
"겉과 속이 다른 네가 정말 나는 싫어!"
그러자 김밥이 하는 말,
"지는 순댄데유!"

어느 날 새우깡이 길을 가고 있었다. 그런데 새까만 빼빼로를 만났다. 새우깡은 빼빼로를 보고 막 웃으며 검둥이라고 놀려댔다. 그러자 화가 난 빼빼로는 새우깡을 마구 때려주었다.

화가 난 새우깡은 1년 동안 운동을 했다. 그리고 빼빼로를 찾아 나섰다. 며칠 후 드디어 아몬드 빼빼로를 만났다.

새우깡은 빼빼로에게,

"빼빼로! 너 잘 만났다."

그러자 빼빼로는,

"저는 아몬드 빼빼로인데요."

"너 여드름 났다고 누가 모를 줄 알아?"

라면

하루는 어린 동생에게 신라면(辛라면)을 적어주며 사오라고 시켰는데 슈퍼에 가서 라면 이름을 잊은 동생이 머뭇거리다가 갑자기 생각이 났는지 당당하게 아줌마에게 말했습니다.

"아줌마 푸라면 주세요!!"

벨

할머니가 버스를 탔다.

한참을 졸다가 그만 버스가 급정거하는 바람에 잠에서 깼다. 정신없이 둘러보니 버스가 내려야 할 정류장을 지나치고 있었다.

놀란 할머니가 운전사에게 소리쳤다.

"야 이놈아! 나 내려야 해. 문 열어."

그러자 운전수가,

"아! 할머니, 내리시려면 벨을 눌러야죠."

이 말을 들은 할머니께서 하시는 말씀.

"야 이놈아, 뉘 집 자식이여! 저 많은 벨을 내가 언제 다 눌러!"

화상

어떤 사내가 양쪽 귀에 심한 화상을 입고 응급실로 달려왔다.

끔찍한 그 광경을 본 의사가 물었다.

"아니 어떻게 했기에 이런 화상을 입으신 겁니까?"

"으, 제가 다림질을 하고 있었는데 갑자기 전화가 오잖아요. 그래서 무의식적으로 전화를 받는다는 게 그만 다리미를……."

"이런, 그럼 다른 쪽 귀는 어떻게 된 건가요?"

환자가 무덤덤하게 대답했다.

"그 녀석이 또 전화를 걸잖아요!"

슬픈 백수

어느 백수가 일주일간의 외박을 끝내고, 부모님께 혼날 각오를 하고 집으로 들어갔다.

일주일 만에 집에 들어가자 역시나 엄마가 화를 냈다.

"너 이 녀석! 어제 나가서 여태까지 뭘 한 거야?"

백수는 엄마의 무관심에 놀랐다.

"우리 가족은 나에게 관심이 없구나!"

하고 한탄을 하고 있었다. 그러다가 방으로 들어가 자려는데 아빠가 술에 취해 들어왔다. 아빠는 백수에게 다가와 지갑에서 돈을 꺼내주며 말했다.

"백수라고 집에만 있지 말고 나가서 친구들도 좀 만나고 그래!"

가보

어떤 남자가 'TV 진품명품'에 출연했다.

그는 자신의 집안에서 대대로 내려오는 문서를 들고 나와 가보라며 으쓱거리면서 자랑했다.

당당한 모습으로 심사위원들의 감정 결과를 기다리던 남자는 결과가 나오자 그만 기절하고 말았다.

감정 결과는……,

노비문서였다!

알파벳 공부

기분 잡칠 때 ·············· A

먹구름 뒤에 ·············· B

수박 속에 든 것 ·············· C

항상 깨끗하게 해야 하는 것 ·············· D

피 빨아먹는 징그러운 것 ·············· E

코가 간지러우면 ·············· H

임신 후 낳는 것 ·············· I

드라큘라의 밥 ·············· P

미키 마우스의 조상 ·············· G

기발한 생각이 날 때 ·············· O

시작을 알리는 싸인 ·············· Q

닭이 낳는 것 ·············· R

영국 사람이 즐겨 마시는 것 ·············· T

나의 반대는 ·············· U

없어도 골치, 있으면 더 골치 ·············· N

수산업

어느 날, 담임선생님이 만득이가 제출한 가정환경 조사서를 살펴보고 고개를 갸우뚱거렸다.

선생님 : 만득아, 아버님이 선장이시니?
만득이 : 아뇨.
선생님 : 그럼 어부시니?
만득이 : 아뇨.
선생님 : 그런데 왜 아버지 직업을 수산업이라고
          썼니?

그러자 만득이가 말했다.
"우리 아버지는 학교 앞 포장마차에서 붕어빵을 구우시거든요."

■ 청와대

재학 중엔 사회에서 인정을 받지만 이곳을 졸업하면 대부분 좋은 소리 못 듣고 산다. 하지만 누가 뭐래도 한국 최고의 명문대다.

청와대 졸업생의 말을 들어보자.

"맞습니다, 맞고요."

■ 해운대

여름 계절 학기에만 수업을 하는 특이한 곳.

각계각층이 모이며 분위기는 항상 화기애애하다. 단 지방이라는 약점이 존재하지만 여름만 되면 언제나 북새통을 이룬다. 놀기 좋아하는 학생이라면 가볼 만한 명문대.

■ 전봇대

볼품없다. 가봤자 개똥밖에 없다.

가끔 작업 중인 똥개도 볼 수 있다.

그렇다고 똥개만 가는 곳은 아니다.

■ 낙성대

지하철 2호선에 있어서 다른 대학들에 덩달아 유명세를 얻음.

■ 싱크대

여대로 개교를 했으나 요즘엔 남자도 싱크대에 갈 수 있다.

예쁜 아가씨가 할머니와 함께 과일 가게에 들렀다.

아가씨는 생글생글 웃으며 주인에게 물었다.

"아저씨, 이 사과 한 개에 얼마예요?"

"한 개 정도는 뽀뽀 한 번만 해주면 그냥 줄 수도 있어요."

"좋아요, 그럼 다섯 개 주세요."

가게 주인은 얼른 사과 다섯 개를 주면서 아가씨에게 입술을 쑥 내밀면서 말했다.

"자, 이제 뽀뽀 다섯 번 해줘요!"

그러자 아가씨가 생글생글 웃으며 대답했다.

"계산은 저희 할머니가 하실 거예요~!?"

부인 : 당신은 왜 항상 내 사진을 지갑 속에 넣고 다
　　　녀요?
남편 : 아무리 골치 아픈 문제라도 당신 사진을 보면
　　　씻은 듯이 잊게 되거든.
부인 : 당신에게 내가 그렇게 신비하고 강력한 존재
　　　였어요?
남편 : 당연하지. 당신 사진을 볼 때마다 나 자신에게
　　　이렇게 얘기하거든. '이것보다 더 큰 문제가
　　　어디 있을까?'

누드모델

초등학교 4학년 영희와 2학년 철수가 함께 텔레비전을 보고 있었다. 그런데 텔레비전에서 화가가 누드모델을 그리는 장면이 나오는 것이었다.

좀 쑥스럽고 멋쩍은 듯한 모습으로 영희가 물었다.

"도대체 왜 화가들은 여자를 벗겨놓고 그리는 걸까?"

그러자 철수가 당당하게 대꾸했다.

"아니, 누나는 그것도 몰라? 화가들이 옷 그리는 게 더 어려우니까 그렇지!"

새로운 부인

　둘째 아기를 낳기 전 임산부들을 대상으로 강사는 주의사항을 말했다.

　"첫째 아이에게는 이렇게 이야기하면 안 됩니다. '너를 사랑해서 아이를 더 데리고 올 거야.' 라고 말입니다. 아이에게 이렇게 이야기한다는 것은 마치 남편이 '당신을 사랑해서 아내를 한 명 더 데려왔어.' 라고 말하는 것과 같은 것입니다. 만약 이런 경우라면 당신은 어떻게 하겠습니까?"

　그러자 한 부인이 질문했다.

　"그녀가 빨래와 청소도 하나요?"

솔로의 5단계

1. 설마기

아직은 솔로가 자유롭게 느껴진다.

상황을 잘 파악하지 못하고 '운명적인 사랑'을 철석같이 믿고 있다.

내가 찍은 사람도 친구가 원한다면 밀어준다.

2. 아차기

정신 차려보니 20대 후반, 폭탄만 아니면 된다는 생각에 불안해진다.

소개팅, 미팅이라는 말만 나와도 미친다.

3. 분노기

커플들이 미워지기 시작한다.

둘이 손잡고 가는 모습만 봐도 그 사이로 지나가 손을 떨어뜨려 놓고 싶다.

4. 명랑기

갑자기 명랑해진다.

너무 울다가 실성해서 웃는 것과 같다.

혼자서 영화보기, 혼자서 음악듣기 등 혼자 놀기의 진수를 보여준다.

행여나 버스 옆자리에 이성이 앉으면 불안해진다.

5. 득행기

차분해진다.

자신의 문제점을 알고 부질없는 노력을 거둔다.

아직도 상황 파악 못 하고 운명적 사랑을 기다리는 어리석은 솔로들에게 나아갈 길을 제시한다. 주말마다 결혼식 가서 뷔페 먹으며 커플들을 애도한다.

말실수 모음

1. 슈퍼에 같이 간 친구가 라면 코너에서 한참을 뒤지
   더니 아줌마한테 하는 말,
   "아줌마! 여기 너구리 순진한 맛 없어요?"

2. 옆방에서 급하게 아들~~ 하시던 우리 엄마,
   "정훈아~ 우리 김정훈이 어디에 있니~~?"
   집나갈 뻔함.(본명 : 박정훈)

3. 내가 집에 전화해 놓고 엄마가 전화 받았는데 이렇
   게 말했다.
   "엄마 지금 어디야?"

4. 패스트푸드 점원이 아침에 교회에서 열심히 기도
   하다가 아르바이트하러 갔는데 손님한테 하는 말,
   "주님, 무엇을 도와드릴까요?"

5. 친구들 앞에서 동요를 부르는 초등학생.
   "동구~밭~ 과수원길, 아프리카 꽃이 활짝 폈네."
   아프리카 꽃은 어느 나라 꽃인고?

6. 여직원이 커피를 타다가 전화를 받았는데,
   "네, 설탕입니다~."

욕쟁이 할머니

욕쟁이 할머니가 있었다.
물 갖다 달라고 하면,
"니가 알아서 갖다 먹어."
반찬 더 달라고 하면,
"니가 갖다 처먹어 이놈아!"

그런데 어느 날 돈이 없었다……. 그래서 외상으로
먹자고 했다.
그러자 할머니 왈,
"왜 그러십니까, 손님!"

팬티 입은 개구리

어느 연못에서 물뱀이 헤엄치고 있었다.

연못 여기저기서 개구리들이 놀고 있는데, 모두 벗고 있었다. 물뱀이 연못 맞은편에 도달하니 한 놈만 팬티를 입고 바위 위에 있었다.

물뱀이 물었다.

"넌 뭔데 팬티를 입고 있어?"

팬티 입은 개구리는 수줍은 듯 말했다.

"저요? 때밀이인데요……."

발 냄새와 입 냄새

발 냄새가 심한 남자와 입 냄새가 심한 여자가 결혼을 해서 신혼여행을 갔다. 둘은 호텔에 들어서면서 서로 많은 고민을 했다.

발 냄새가 심한 남편은 '방에 들어서자마자 욕실로 가서 발을 씻어야 할 텐데…….' 하며 걱정을 했고 입 냄새가 심한 아내는 '방에 들어서자마자 욕실로 들어가서 이를 닦아야 할 텐데…….' 라는 고민을 했다.

부부가 함께 방에 들어선 순간 남편이 재빠르게 먼저 욕실을 향해 달려갔다. 욕실 문 밖에 양말을 벗어 놓고 열심히 발을 닦은 남편은 '이 정도면 냄새가 나지 않겠지?' 라는 생각으로 욕실을 나왔다.

남편이 나오자마자 이를 닦아야겠다고 생각하던 아내는 대뜸 남편의 팔에 안겨 침대로 올라가게 되었다. 그때 키스를 하려던 남편이 아내의 입 냄새가 너무 심하자 이렇게 말했다.

"니, 내 양말 묵었나?"

우리 다시 만납시다

바닷고기들이 모두 부러워할 정도로 아주 열렬히 사랑하던 멸치 부부가 있었다. 그런데 어느 날, 멸치 부부가 바다에서 헤엄치며 다정하게 놀다가 그만 어부가 쳐 놓은 그물에 걸려들었다.

그물 안에서 남편 멸치가 슬프게 하는 말,

"여보! 우리 시래깃국에서 다시 만납시다."

컴맹 조카가 삼촌에게 채팅 한 번만 하게 해달라고 졸랐다. 그러나 삼촌은 냉정하게 거절했다.

"컴맹 주제에 무슨……."

그러나 조카는 기죽지 않았다. 언젠가는 삼촌의 비밀번호를 알아내 반드시 접속하고 말리라 다짐했다.(일명 해킹!)

어느 날 삼촌이 비밀번호를 치는 모습을 조카가 발견하여, 그 비밀번호를 메모지에 적었다.

당장 친구에게 달려가서,

"비밀번호 알았으니까 빨리 접속하자."

라며 들떠서 비밀번호가 적혀 있는 메모지를 조심스럽게 펼쳤는데, 그 안에는 정말 비밀스러운 것이 적혀 있었다.

"******"

복권 당첨

한 여자가 100억 원짜리 복권에 당첨되었다.

그녀는 바로 집에 와 남편에게 말했다.

"여보, 어서 가방 싸세요. 100억 원짜리 복권에 당첨 됐어요."

남편은 기쁜 마음에,

"정말? 믿기지 않는군. 짐은 어떻게 쌀까? 해변용? 등산용?"

그러자 아내가 말했다.

"알아서 싸란 말이야. 그리고 당장 여기서 꺼져!"

친절한 스튜어디스

팔순이 넘으신 할아버지가 비행기를 탔다.

기상 악화로 비행 중에 기체가 심하게 흔들리자 어여쁜 스튜어디스가 할아버지의 손을 꼭 잡아드렸다.

비행기가 공항에 안전하게 착륙하자 스튜어디스는 할아버지를 부축하며 비행기 출구 쪽으로 모시고 나가서 인사를 했다.

"할아버지 몸 건강히 안녕히 가세요."

그러자 할아버지가 말씀하시길,

"아가씨, 비행기가 흔들릴 때 무서우면 또 내게로 와요. 내가 아까처럼 손을 꼭 잡아줄 테니까."

사자의 생일잔치

사자가 생일파티를 열었다.

사자는 고기를 무척 좋아해서 파티에 오는 모든 동물들에게 선물로 고기를 가져오라고 했다. 그래서 모두 고기를 들고 왔는데 원숭이는 고기를 구할 길이 없어서 할 수 없이 바나나 3개를 들고 왔다.

사자는 원숭이의 바나나를 보고 화가 나서 원숭이에게 힘껏 던졌다. 그런데 바나나를 2개째 던지는데 원숭이가 갑자기 웃는 것이 아닌가.

사자는 화가 났고 바나나 3개를 다 던지자 결국 원숭이는 쓰러지고 말았다. 그런데 원숭이가 웃은 이유는?

저 멀리서 토끼가 늙은 호박 3개를 낑낑대며 들고 오고 있었다.

참새의 답변

　　어느 날 참새가 한가로이 전깃줄에 앉아 이 생각 저 생각 하고 있는데, 그때 마침 원수 같은 참새 사냥꾼이 지나가는 것이었다.

　　그러자 참새가,

　　"옳지! 너 잘 걸렸다."

하며 사냥꾼의 머리를 향하여 오줌을 쌌다.

　　그러자 화가 난 사냥꾼이 참새에게 하는 말!

　　"야~ 인마!! 너는 팬티도 안 입고 다니냐?"

하고 고함을 치자 참새가 하는 말.

　　"야~~ 인마!! 너는 팬티 입고 오줌 누냐???"

황당한 의사

　어떤 남자가 병에 걸렸다. 병원과 집이 너무 멀어서 부인은 의사에게 왕진을 부탁했다. 의사가 집에 오자마자 문을 잠그더니 치료에 들어갔다.

　잠시 후에 의사가 문 밖으로 고개를 내밀더니,

　"칼 있으면 칼 좀 주십시오."

라고 하자 부인은 의사에게 칼을 갖다 주었다.

　얼마의 시간이 흐르자 의사가 또 부인에게,

　"펜치 좀 갖다 주시죠."

라고 해서 의사에게 펜치를 갖다 주었다. 공구를 자꾸 달라고 하자 초초해진 부인은 어쩔 줄 몰라 하고 있는데 의사가 또다시,

　"혹시 전기톱 있습니까?"

라고 묻자 부인이 울음을 터뜨리면서 도대체 무슨 병이길래 이러느냐고 물었다. 그러자 의사가 대답했다.

　"아, 저 죄송합니다. 진료가방이 안 열려서……."

엄마와 아들

엄마가 어린 아들이랑 사진을 보고 있었다.

그 사진은 배가 불러 있던 엄마와 큰아들이 함께 찍은 사진이었다.

어린 아들이 엄마에 물었다.

“엄마! 나는 어디 있어?”

엄마는 손가락으로 사진을 가리키며 말했다.

“응, 너는 엄마 뱃속에 있어.”

어린 아들은 이해가 되지 않는다는 듯 고개를 갸우뚱하며 물었다.

“엄마! 나 왜 먹었어?”

차남의 비애

■ 평소 부모들의 태도

장남 : 항상 믿음직스럽고 든든하다.

막내 : 항상 귀엽고 재롱덩어리다.

차남 : (관심도 없다.) 어? 너도 있었니?

■ 아이 친구들이 놀러왔을 때의 반응

장남 : 아이구, 참 잘생겼구나. 그래, 네 이름이 뭐니?

막내 : 너희들 뭐 먹을 거 줄까?

차남 : 너, 또 애들 달고 왔니?

■ 아이가 사고 쳤을 때

장남 : 대체 어쩌다 그랬니? 다음부터 조심해라!

막내 : 다친 데는 없니?

차남 : 너는 정말 일생에 도움이 안 돼!

제3장

유머 휴게소

건망증 선생님

건망증이 심한 수학선생님이 있었다.

어느 자율학습 시간, 갑자기 교실 뒷문이 벌컥 열리면서 수학선생님이 나타났다.

"3학년 8반은 왜 이렇게 시끄러워? 수능이 얼마나 남았다고 말이야!"

선생님의 한 마디에 아이들은 쥐 죽은 듯이 조용해졌다. 선생님이 뒷문을 닫고 사라진 지 10초가 지나자 이번에는 앞문이 드르륵 열리고 다시 수학선생님이 나타났다.

선생님은 흐뭇한 미소를 띠며 이렇게 말했다.

"음, 이 반은 학습 분위기가 참 좋군. 옆반은 아주 형편없던데……."

모두가 공감하는 건망증

1 계단에서 굴렀다. 훌훌 털고 일어났다. 근데 내가 계단을 올라가고 있었는지 내려가고 있었는지 도통 생각이 안 난다.

2 친구에게 전화를 걸었다. 근데 내가 누구한테 전화를 걸었는지 기억이 안 난다. 미치겠다.

"여보세요."

"네, 거기 누구네예요?"

"어디 거셨는데요?"

"글쎄요."

3 택시를 탔다. 한참을 달리고 있었다. 근데 십이지장 저 아래에서 뭔가 심상찮은 궁금증이 용틀임 치기 시작했다. 결국 기사 아저씨한테 되물을 수밖에 없었다.

"아저씨, 제가 아까 어디 가자고 했죠?"

자장면의 사기 결혼

어느 날 냉면이 친구 우동을 만났다.

냉면 : 자네 요새 무슨 일 있나? 왜 이렇게 시무룩해?

우동 : 아닐세.

냉면 : 참, 이번에 득남했다고? 축하하네.

우동 : 축하까지야…. 여하튼 고맙네.

냉면 : 허허허! 자네는 복도 많아. 검은 생머리의 절세
미인인 자장면 양과 결혼하더니 이번엔 아들
까지 낳았군.

우동 : 복은 무슨… 흠… 그런 게 아닐세.

냉면 : 뭐가 아닌가. 분명히 아들도 오동통한 면발에
생머리의 미남일 텐데.

우동 : 그게 말이야… 아내 자장면이… 이번에 신라
면을 낳았다네.

냉면 : 헉! 아니 어떻게 그런 일이 있을 수 있는가? 우
동 자네와 자장면 제수씨 모두 생머리인데 어

떻게 꼬들꼬들한 신라면이 태어날 수 있는가?
우동 : ……나도 그런 줄 몰랐지. 그런데 망할 놈의
자장면 고년이 원래는 짜파게티인데 스트레이
트 파마하고 나랑 결혼한 줄은 꿈에도 몰랐다
네. 아… 신혼 첫날밤에 올리브 별첨으로 머리
감을 때부터 알아봤어야 하는 건데…….

가문의 전통

'머리가 좀 모자라면 어때? 예쁘기만 하면 됐지!' 라고 생각한 남자가 아이큐는 70밖에 안 되지만 몸매가 섹시하고 늘씬한 아가씨에게 프러포즈를 했다.

남자는 당연히 오케이할 것이라고 생각했는데 여자가 한참을 고민하더니 말했다.

"미안하지만 그럴 수 없어요!"

자존심이 상한 남자가 이유가 뭐냐고 따지자,

여자가 대답하기를,

"왜냐하면 우리 집 전통은 집안사람들끼리만 결혼을 하거든요. 할머니는 할아버지와 아빠는 엄마와, 외삼촌은 외숙모랑, 그리고 고모부는 고모랑."

마누라 사진

한 남자가 술집에 들어와서 맥주 한 잔을 시켰고, 술이 나오자 그는 술을 마시면서 셔츠 주머니 안을 들여다보았다.

남자는 한 잔을 다 마시고 또 한 잔을 시켰고, 계속 주머니 안을 들여다보면서 술을 마셨다. 남자가 술을 또 시키자 술집 주인이 궁금해서 물었다.

"근데 왜 자꾸 주머니를 들여다보는 거요?"

그러자 남자가 대답했다.

"주머니 안에 우리 마누라 사진이 있는데, 마누라가 예뻐 보이기 시작하면 집에 갈 시간이거든요."

부산 할매

    부산에 사시는 한 할머니가 버스를 타려고 기다리고 있는데 바로 옆에 외국인도 버스를 기다리고 있었다.

    조금 있으니 저쪽 모퉁이를 돌아서 버스가 오자 할머니가 말했다.

    "왔데이!!"

    옆에 있던 외국인이 오늘이 무슨 날인가 묻는 줄 알고(What day?) 마침 월요일이라,

    "먼데이!"

라고 대답하자 할머니는 뭐가 오는지를 묻는 줄 알고,

    "버스데이."

라고 하자 외국인은 오늘이 할머니 생신인 줄 알고,

    "해피 버스데이!"

라고 했다. 이에 할머니도 말했다.

    "해피버스 아니데이, 좌석버스데이."

강도

한 강도가 은행을 털러 갔다.

하지만… 경고음에 경찰이 출동해 은행을 포위했다.

그러자 강도는 여자 은행원을 인질로 잡고 총을 겨누었다. 경찰이 협상을 제안했다.

"네가 진정으로 원하는 게 뭐냐?"

그러자 강도가 대답했다.

"초… 초… 총알을 달라!"

정치란?

　똑똑한 어린이 진수가 어느 날 아빠에게 진짜 정치란 무엇인가에 대해 물었다. 아빠가 대답하길,

　"음… 쉽게 말하자면 이런 거야. 우리 집에서 돈을 벌어오는 사람인 아빠는 기업이고, 그 돈으로 살림을 하는 엄마는 정부, 그리고 너는 국민이라고 할 수 있는 거지……."

　똑똑한 진수가 다시 물었다.

　"그럼 가정부 누나는 뭐죠?"

　"아~ 가정부 누나는 아빠가 월급을 주니까 노동자겠지. 알겠니?"

　"우리 막내는요?"

　"하하하! 우리 막내는 우리 집의 새싹이니 사회의 미래라고나 할까?"

　그날 밤 동생과 잠든 진수는 계속 울어대는 동생 때문에 깨서 기저귀를 보니 똥을 흠뻑 싸놓고 있었다.

　도저히 혼자의 힘으론 어쩔 수 없어 안방으로 갔다. 방으로 가니 아빠는 간데없고 엄마는 아무리 흔들어도 깨질 않았다. 할 수 없이 진수는 가정부 누나의 방으로 달려갔다. 그런데… 방 안에는 가정부 누나와 아빠가 열심히……??

　다음날 아침, 식탁에서 진수는 비장한 어조로 아빠에게 말했다.
　"아빠! 전 어젯밤에 진짜 정치란 무엇인지 알아버렸어요."
　기특한 생각이 든 아빠는 흐뭇한 얼굴로 진수에게 물었다.
　"그래? 진짜 정치란 무엇이었니?"
　"네, 진짜 정치란… 국민이 도움을 요청하는데도 묵살해 버리는 정부와, 노동자를 유린하는 기업과, 똥 위에서 뒹굴고 있는 우리의 미래였어요."

어느 술집에서

한 남자가 술집에 들어와 맥주를 세 잔 시켰다. 그리고는 술잔을 번갈아가며 마시는 것이었다.

술집 주인이 의아해서 물었다.

"손님, 한 번에 한 잔씩 마시지 않고 왜 번갈아가며 마십니까?"

그러자 남자 왈,

"사실 저희는 삼 형제인데 서로 멀리 떨어져 살게 되었답니다. 우리는 서로 헤어지면서 약속했죠. 멀리 떨어져 있어도 함께 마시던 추억을 기억하며 나머지 사람 것도 마시자고. 그래서 두 형님과 마시는 기분으로 이렇게 마신답니다."

주인은 고개를 끄덕였다. 남자는 단골이 되어 그 술집에서 유명한 사람이 되었다.

그러던 어느 날, 여느 때와 마찬가지로 나타난 남자가 술을 두 잔만 시키는 것이었다.

　순간 가게 안은 고요해지고 사람들의 시선은 남자에게 쏠렸다. 술을 마시고 있는 그에게 술집 주인은 어렵게 입을 열었다.

　"형님 일은 참 안되셨습니다. 어쩌다가……."

　그러자 남자는 두 번째 잔을 홀짝이며 답했다.

　"형님들은 괜찮으십니다. 사실은 제가 술을 끊었거든요."

한 여기자가 여자는 무조건 남자의 뒤를 따라다녀야 했던 쿠웨이트를 걸프전 이후 다시 취재하게 되었다. 하지만 이번에는 남자가 여자의 뒤를 졸졸 따르는 것이었다. 기자는 한 여자에게 다가가 물었다.

"전쟁 이후 여성의 지위에 큰 변화가 생긴 것 같아 보기 좋군요. 도대체 저 잘난 남자들을 뒤로 물러서게 만든 게 무엇입니까?"

쿠웨이트 여자는 덤덤히 답했다.

"지뢰."

최신 발명품

한 남자가 무거운 가방 두 개를 들고 낑낑거리며 길을 가고 있는데 한 사나이가 다가와서 시간을 묻는 것이다. 한숨을 쉬며 가방을 내려놓고 시계를 보여주며 답했다.

"6시 10분 전이군요."

시계를 본 사나이가,

"우와, 시계가 참 멋있군요."

라며 감탄하자 시계 주인은 기분이 좋아져 시계 자랑을 시작했다.

"예, 한 번 보시겠어요?"

버튼을 누르자 세계지도가 나타나는 것이다. 액정화면의 한 나라를 선택하자 그 나라 시각을 또렷하게 알려주는 음성이 흘러나왔다. 고해상도의 화질은 최고의 상태였고 음질도 끝내줬다.

놀라는 사나이에게 그는 계속 얘기했다.

"그 정도 가지고 놀라시긴……."

그가 다른 버튼을 누르자 이번에는 도시의 지도가 나타났다.

"여기 깜빡이는 점은 인공위성으로 탐색한 우리의 위치입니다. 서쪽 블록 이동!"

명령을 내리자 화면의 지도가 서쪽으로 스크롤되며 나타났다.

"이 시계 저한테 파십시오!"

사나이는 흥분하며 소리쳤다.

"안 돼요. 아직 미완성품이거든요. 물론 tv, 호출기, 100만 단어 사전, 계산기 등 32가지 기능을 제공하기는 하지만 아직 버그가 있어서……."

"저한테 파십시오!"

"글쎄, 안 된다니까요."

"500만 원 드릴게요!"

"아니, 사실 이거 만드는데 투자한……."

"1000만 원!"

"어허, 그렇게 얘기해도."

"5000만 원 드리겠습니다!"

사나이는 백지 수표를 꺼내 적기 시작했다.

　5000만 원이면 본전은 뽑는 셈이다. 사실 두 개까지 만들 수 있는 액수이다.

　안달이 난 사나이는 수표를 주며 소리쳤다.

　"자, 파시든가 말든가 어서 결정하세요!"

　시계 주인은 잠깐 생각에 잠기더니,

　"좋소!"

라며 시계를 풀었다. 시계를 받은 사나이는 거래에 만족하며 떠나려 했다. 그때, 과학자가 그를 붙잡아 가방을 가리키며 말했다.

　"배터리도 가져 가셔야죠."

자신의 소중함

어느 대학교수가 강의 도중 갑자기 10만 원짜리 수표를 꺼내들고는,

"이거 가질 사람 손들어보세요!"

라고 했대요. 그랬더니 모든 사람이 손을 들었겠지요.

그걸 본 교수는 갑자기 10만 원짜리 수표를 주먹에 꽉 쥐어서 구기더니 다시 물었습니다.

"이거 가질 사람 손들어보세요!"

그랬더니 이번에도 모든 사람이 손을 들었습니다.

교수는 또 그걸 다시 바닥에 내팽개쳐서 발로 밟았습니다. 구겨지고 신발 자국이 묻어서 더러워진 수표를 들고 교수가 또다시 물었습니다.

"이거 가질 사람?"

당연히 모든 학생들이 손을 들었겠지요.

그걸 본 교수가 학생들에게 말했답니다.

"여러분들은 구겨지고 더러워진 10만 원짜리 수표일지라도 그 가치는 변하지 않는다는 것을 잘 알고 있는 것 같군요. '나'의 가치도 마찬가지입니다. 구겨지고 더러워진 '나'일지라도 그것의 가치는 전과 다르지 않게 소중한 것이랍니다. 실패하고, 사회의 바닥으로 내팽개쳐진다 할지라도 좌절하지 마십시오. 여러분의 가치는 어느 무엇보다 소중한 것이랍니다."

교수의 말을 들은 모든 학생들은 숙연해졌습니다.

이 세상에 존재하는 모든 사람들이 '나'의 가치를 소중하게 생각했으면 좋겠습니다. 소중한 '나' 못지않게 내가 사랑하는 사람들, 내가 좋아하고 또는 싫어하는 사람일지라도 그 가치를 얕보지 않았으면 하는 간절한 바람입니다.

어느 날 김 병장이 대원을 소집시켰다.

김 병장 : 야! 여기 피아노 전공한 사람 있어?
박 이등병 : 네, 접니다.
김 병장 : 그래, 너 어느 대학 나왔는데?
박 이등병 : K대 나왔습니다.
김 병장 : 그것도 대학이냐? 다른 사람 없어?
조 이등병 : 저는 Y대에서 피아노 전공했습니다.
김 병장 : Y대? S대 없어? S대?
전 이등병 : 제가 S대입니다.
김 병장 : 오호~ 그래? 여기 피아노 좀 저기로 옮겨
　　　　　봐라.

그 다음날.

김 병장 : 여기 미술 전공한 사람 나와!

김 일등병 : 네, 제가 미술 전공입니다.

김 병장 : 어느 대학인데?

김 일등병 : Y대 디자인과입니다.

김 병장 : 그것도 대학이냐?

고 일등병 : 제가 H미대 출신입니다.

김 병장 : 그래. 오~ 좋아, 발야구하게 선 좀 그어라.

그날 저녁.

김 병장 : 여기 검도한 사람 누구야?

강 이등병 : 제가 사회에 있을 때 검도 좀 했습니다.

김 병장 : 몇 단인데?

강 이등병 : 2단입니다.

김 병장 : 2단도 검도냐? 다른 애 없어?

이 일등병 : 네, 제가 검도 좀 오래 배웠습니다.

김 병장 : 몇 단인데?

이 일등병 : 5단입니다.

김 병장 : 그래? 이리 와서 파 좀 썰어라.

어느 컴맹의 귀여운 일기

199X년 2월 1일

드디어 컴퓨터를 샀다.

방문을 잠그고 포장을 뜯어 어제 새로 산 컴퓨터 책상에 조심스레 올려놨다.

말쑥하게 생긴 것이 정말 맘에 든다.

오늘은 그냥 보는 것만으로도 가슴이 벅차오른다.

(요리 보고 조리 보고……)

내일은 한 번 해봐야지….

가슴이 설레서 잠이 안 올 것만 같다.

199X년 2월 2일

오늘은 애 많이 먹었다.

컴퓨터를 어떻게 켜는 건지 도무지 모르겠다.

컴퓨터 사용 책자엔 전원을 켜라는데 컴퓨터에 전원이라는 글자는 없다

이리 보고 저리 보아도 없다.

(혹 내가 못 찾은 걸까?)

아! 벌써 새벽 2시다.

이래서 MADE IN KOREA가 욕을 먹는 것 같다.

199X년 2월 3일

아무래도 컴퓨터 앞에 단추처럼 가지런하게 있는 두 개의 버튼이 신경 쓰인다.

POWER…. 사전을 찾아보니 내가 알고 있는 뜻과 별 차이가 없다.

힘, 능력, 에너지, 활력….

그렇다면 요놈은 전원이 절대 아니란 말인데 아무래도 RESET이라 씌어 있는 조그만 버튼이 맘에 걸린다.

내일은 꼭 켜보리라.

난 의지의 한국인이다.

199X년 2월 4일

수많은 걱정과 우려 속에 조심스레 RESET 버튼을 살짝 눌렀다.

컴퓨터에 기별이 안 가나? 다시 한 번…

(요번엔 좀 세게, 좀 길게 눌렀다.)

역시 마찬가지였다.

이젠 나의 참을성에도 한계가 있음을 보여주어야 할 때인 거 같다.

내일은 집 앞의 컴퓨터 학원에 등록을 해야지.

기다려라 컴퓨터! 내일이면 넌 나에게 무릎을 꿇을 것이다.

푸하하하! 괜히 유쾌해진다.

199X년 2월 5일

학원에 갔다. 10분 지각이다.

근데 어찌된 일인가?

벌써 시작한 뒤였다.

내 자리의 컴퓨터도 전원이란 놈이 들어와 있었다.

아차 싶었다.

오늘은 자판 연습이었다.

내가 두드리는 대로 화면에 나온다.

신기하다.

하지만 오늘도 어떻게 켜는지는 못 배웠다.

집에 와서 잠을 청하려 해도 저녁에 학원에서 보았던 신기한 자판 화면이 머리에 떠올라 컴퓨터에 다가갔다.

하는 수 없이 검은 화면만 물끄러미 보며 자판을 두드렸다.

재미있었다.

오늘은 학원에 일찌감치 가서 기다렸다.

근데 학원 선생님이 가르쳐주지도 않았는데 전부 다 컴퓨터를 켜는 게 아닌가?

대단한 수강생들이다 싶었다.

맞다! 하긴 어제 처음에 가르쳐주셨겠지….

나만 시커먼 화면이었다.

학원 선생님께서 전원을 켜라고 했다.

참 난감했다. 그래서 사실대로 말씀드렸다.

어제 조금 늦게 와서 전원 켜는 것을 못 배웠노라고…….

웃는 학원 선생님과 수강생들의 얼굴이 귀여웠다.

오늘은 일요일.

어제 친절하게 설명해 주신 학원 선생님의 말씀을 기억하며 전원을 켰다.

이상한 글씨의 나열과 함께 화면이 켜졌다.

솔직히 눈물이 글썽거릴 정도로 감동적이었다.

내가 대견해진 기분이다.

어머니께 말씀을 드렸다. 어머니께서도 대견해 하신다.

근데 문제는 방금 전에 생겼다.

내 실수다… 켜는 건 배웠는데 끄는 건…… 답답하다.

POWER 버튼은 켤 때 사용하는 거니깐 아닐 거고…….

다시 RESET이란 놈이 자꾸만 거슬린다.

다시 한 번 큰맘 먹고 꾸욱 하고 눌렀다.

초조해졌다.

성공! 성공이다. 꺼졌다.

어라 이상하다. 다시 켜졌다. 이상하다.

그래! 분명 끄는 건 맞는데 공장에서 실수를 해서 불량이 나온 건 아닐까?

어쨌든 서너 번 시도하다 안 돼서 포기하기로 했다.

물론 애석하지만 컴퓨터는 켠 상태로 당분간 놔둬야겠다.

199X년 2월 8일

용기 있는 자여 그대 이름은 남자.

학원 선생님께 컴퓨터 끄는 걸 배웠다.

역시 친절히 가르쳐주셨다.

이번엔 지난번처럼 웃는 사람들이 많았지만 귀엽게만 보이진 않았다.

은근히 열을 받았다.

집에 와 컴퓨터를 보니 상당히 뜨거워져 있었다.

이것도 열을 받았나 보다.

199X년 2월 9일

학교에 가서 선생님들과 애들에게 학원에서 배운 지식을 나누어주었다.

물론 컴퓨터 끄는 것과 켜는 것을 잊지 않고 가르쳐주었다.

모두 놀라는 눈치였다.

음! 역시 '아는 게 힘이다.' 라는 학설은 맞는가 보다.

근데 이상하게 그 후 나만 보면 선생님들과 학생들이 웃는다.

처음엔 존경의 미소인 줄 알았는데 아닌 것 같다.

왕따, 그래 이지메 비슷한 느낌이다.

199X년 2월 11일

학교 가기가 싫다.

일부러 늦잠을 자는데 어머니가 깨우셨다.

도대체 학교 가기 싫은 이유가 뭐냐구…?

어머니한테는 말할 수 없다.

그래도 어머니에겐 자랑스러운 아들인데…….

하여튼 억지로 학교를 갔다.

종일 학교에서 시달림을 받았다.

내 컴퓨터 실력을 시기하는 사람이 많은가 보다.

하여튼 사촌이 땅 사면 배 아프다는 말이 딱 맞는 것 같다. 내일은 정말 안 간다.

학원에서 내일은 최신식 수식 계산 프로그램을 가르쳐준단다.

아참! 웃긴다. 미국 녀석들, 최신 프로그램이라며 만들었다는데 우리 80년대 유행하던 자가용 이름을 붙이다니…….

‘EXCEL.’

아마도 80년대에 이 프로그램을 만들다 우리나라 승용차를 보고 연상했으리라.

쯧쯧! 지금은 그랜저가 유행인데…….

그러고 보면 아무리 컴퓨터를 잘 해도 유행 감각이 뒤떨어지면 어쩔 수 없나 보다.

학원에 나가 봐야 배울 게 없다. 이런 구닥다리나 배우고…….

분명히 안 간다고 했는데 어머니가 또 보채셨다.

참을 수 없어서 사실대로 말씀드렸다.

모두들 날 싫어한다고… 그래서 학교에 가지 않겠노

라고……. 그러자 어머니는 한숨을 쉬시며 나지막이 말씀하셨다.

"그래도 애야, 학교에 가기 싫다고 학교 교장이 안 가면 돼냐?"

"…………."

할 말이 없어서 가방을 챙겨서 학교에 갔다.

근데 정말 궁금한 게 있다.

컴퓨터에 왜 쥐(남들은 MOUSE라고 하지만)가 필요한지…….

필요하다니깐 어쩔 수 없이 오늘은 퇴근길에 쥐덫을 사가야겠다.

못 말리는 부부

건망증이 심하고 바보 같은 부부가 일요일에 도봉산을 올랐다. 그런데 그때 갑자기 부인이 깜짝 놀라며 남편에게 말했다.

"어머, 여보 어떡하죠? 내 정신 좀 봐. 다림질하다가 전기 코드를 그냥 꽂아두고 왔네. 집에 불이 나면 어떡하지?"

그러자 남편이 아주 여유롭게 씨익 웃으며 말했다.

"걱정 마. 나도 세수하고 나서 수도꼭지 안 잠갔어."

거짓말

15위 간호사 : 이 주사 하나도 안 아파요.

14위 여자들 : 어머! 너 왜 이렇게 예뻐졌니?

13위 학원 광고 : 전원 취업 보장! 전국 최고의 합격
률!!

12위 비행사고 : 승객 여러분, 아주 사소한 문제가 발
생하였습니다.

11위 연예인 : 그냥 친구 이상으로 생각해본 적 없
어요.

10위 교장(조회 때) : 마지막으로 한 마디만 간단
히…….

9위 친구 : 이거 너한테만 말하는 건데…….

8위 장사꾼 : 이거 정말 밑지고 파는 거예요.

7위 아파트 신규 분양 : 지하철역에서 걸어서 5분
거리.

6위 수석합격자 : 그저 학교 수업만 충실히 했을 뿐이
에요.

5위 음주 운전자 : 딱 한 잔밖에 안 마셨어요.

4위 중국집 : 출발했어요, 금방 도착해요~~.

3위 옷가게 : 어머 너무 잘 어울려요, 맞춤옷 같아요.

2위 자리 양보 받은 노인 : 에구, 괜찮은데…….

1위 똥개들 : 단 한 푼도 받지 않았어요.

남자가 여자에게 숨기는 것

1. 아버지의 대머리

머리가 벗겨진 아버지나 할아버지를 둔 남자들에게, 핏속에 흐르는 대머리 유전자는 목숨 걸고 지켜야 할 출생의 비밀이다.

비호감 중의 비호감, 결혼 기피 대상자 1순위가 바로 대머리 아니던가. 집요하게 캐묻지 않는 한 절대로 먼저 털어놓지 않는다. 점점 줄어드는 머리숱은 스트레스 때문이라고 변명한다.

2. 정확한 키

키를 물어볼 때 180cm가 넘는 남자들은 소수점까지 들이대는 편. 하지만 175cm 이하의 아담 사이즈인 경우, 웬만해서는 정확한 수치를 밝히지 않는다.

170cm가 겨우 될까 말까 한 수준이라면 '170cm는

넘어.' 170cm가 조금 넘는다면 '한 175cm 정도 돼.' 라며 약간의 과장과 반올림을 섞어 얼버무린다.

3. 당신을 만나기 전 사랑한 여자의 존재

예전 여자 친구의 이야기는 종종 입에 올리지만, 정말로 사랑한 여자에 관해서는 함구한다. 아니, 당신 이외에 사랑한 여자가 있었다는 사실 자체를 부인한다. 단언컨대, 당신이 그가 진실로 사랑한 첫 번째 여자일 확률은 제로에 가깝다.

4. 홍등가에서의 하룻밤

솔직히 말해서 대다수의 남자가 돈 주고 여자를 사본 경험이 있다. 청량리나 미아리에서의 하룻밤을 친구끼리는 모험담 마냥 자랑 삼아 늘어놓지만, 미치지 않고서야 여자에게 털어놓을 턱이 없다. 사창가엔 발 들여놓은 적도 없다거나, 룸살롱에서 혼자 2차를 안 나갔다는 말은 십중팔구 새빨간 거짓말.

5. 어두운 길눈

대체로 남자들의 공간 지각력이 여자보다 발달된 것은 사실. 하지만 개중엔 방향치도 많고, 사람인 이상 길을 잃는 경우도 종종 있다. 그럼에도 절대 길을 잃었다고 인정하지 않는 게 남자라는 동물의 자존심. 자동차로 엉뚱한 곳에서 몇 시간째 헤매면서도 맞는 길로 왔다고 우겨댄다.

6. 어젯밤 카드로 긁은 수억 원의 술값

거나하게 오른 술기운에, 호기롭게 '내가 쏜다.' 를 외치며 카드를 내민 다음날. 한 달 월급의 절반쯤 되는 금액이 찍힌 카드 명세서를 발견하고 망연자실해지는 경험을 남자들은 종종 한다. 이 상황을 더욱 아찔하게 하는 건, 여자 친구로부터 듣게 될 끝없는 잔소리. 그래서 친구들과 나눠 냈다고 거짓말하거나, 액수를 십분의 일로 줄여서 보고한다.

1. 치욕의 과거가 기록된 졸업 앨범

20세를 기점으로 비포(before), 애프터(after)의 차이가 엄청난 우리나라 여자들. 호리 낭창한 몸매의 미녀도, 5~6년 전엔 코끼리 다리에 드럼통 허리를 가진 여고생이었을 수 있다. 아니면 팽팽 돌아가는 뿔테 안경에 여드름이 함빡 핀 피부의 소유자였거나……. 그래서 남자 친구가 집에 놀러오겠다고 하면, 잽싸게 고등학교 졸업 앨범부터 숨겨버린다.

2. 몰드 브라의 진실 혹은 거짓

두툼한 패드가 들어간, 일명 '뽕 브라.' 평범한 사이즈를 가진 대한민국 '보통 처녀'들에겐 거의 선택의 여지가 없는 사항이다. 최소한의 볼륨감을 유지하기 위한 필수 장치. 그러나 에로 영화 여배우의 터질 듯한 가슴을 동경하며 성장기를 보낸 남자들, 사실을 알고 나면 놀려대기 일쑤다. 자연스럽게 확인(?)되기 전까진, 그냥 입 다물고 지낼 수밖에.

3. 당신이 그녀의 101번째 남자라는 사실

이성과 사귄 횟수를 남자는 세 배로 부풀려 말하고 여자는 삼분의 일로 줄여 말한다고 보면 대강 맞다. 선수녀들의 경우, 보통 '3회 전략'으로 나간다. 그 이하면 너무 서툴러 보이고, 그 이상이면 헤퍼 보인다는 계산. 당신이 그녀의 세 번째 남자인지 백 번째 남자인지는 끝까지 알 수 없는 노릇이다.

4. 적금통장 제로

철마다 옷 장만하랴, 떨어진 화장품 사랴, 문화 생활 하랴……. 여자도 남자 못지않게 돈 쓸 일이 많다. 하지만 콩나물 값 아껴가며 집안 살림 일으킨 어머니들 덕에, 남자들은 여자 친구가 자기보단 알뜰할 거라고 지레짐작한다. 그래서 직장 생활 5년에 알토란같이 모아둔 목돈은커녕 변변한 적금통장 하나 없다고 말하기가 민망하다.

5. 무좀의 경험

사실 무좀이 남자만의 전유물은 아니다. 여자라고 발에 땀 안 나겠나? 흡수력이라곤 없는 나일론 스타킹 속에 내내 갇혀 있어야 하니, 똑같은 사람 피부인데 여자만 멀쩡하라는 법도 없다. 손발에 땀이 많은 여자들 중, 경미한 무좀이나 무좀의 일종으로 여겨지는 습진을 경험한 이도 꽤 있다. 다만 아무에게도 말한 적이 없을 뿐.

6. 어제 충동 구매한 핸드백의 가격

똑같은 핸드백에 똑같은 구두건만, 가격은 왜 그토록 천차만별인지 남자들로선 이해하기 힘들다. 자기들이 멀쩡한 차를 새 차로 바꾸는 건 '로망'이고, 여자 친구가 명품 백이나 옷을 탐내면 '허영'이다. 불공평하지만 어쩌랴, 새로 산 핸드백 가격을 그가 궁금해 할 땐 그저 '싸게 샀어.'라며 넘겨버리는 게 맘 편한 것을.

등급별로 본 컴퓨터 사용자

1. 하루 컴 사용 시간

초급 : 워드 등 할 일만 하고 끈다.

중급 : 게임도 하고 음악도 듣고 대화도 하고 활용성
　　　 이 다양해진다.

고급 : 할 일이 없어도 켜놓는다.

운영자 : 언제 부팅했는지 기억나지 않아 Uptime(가
　　　　 동 시간) 확인하는 명령어를 친다.

2. 정전 등 해결할 수 없는 일로 컴을 쓰지 못할 때

초급 : 다른 할 것을 찾아본다.

중급 : PC방으로 뛴다.

고급 : 불안감에 안절부절못하다 엄청 짜증낸다.

운영자 : 모처럼 팬 소리 없이 음악을 듣는다. 참고로
　　　　 운영자는 hifi 애호가.

3. 데스크톱 꾸미기

초급 : 평범하다.

중급 : 아예 썰렁하거나 아니면 호화찬란하다. 수시
　　　로 바뀐다.

고급 : 평범하나 아이콘의 배치부터 노련미가 느껴진다.

운영자 : 데스크톱에 아이콘이 하나도 없다.

4. 블루 스크린이 뜨다!

초급 : '어떡해!' 를 연발하다 전원을 끄고 A/S 부른다.

중급 : 18~ 하고 외쳐준 후 재부팅한다.

고급 : 웬만한 오류 메시지는 무시하고 사용한다.

운영자 : 웬만해서는 보기 어렵다.

5. 새로운 프로그램

초급 : 설치 자체를 두려워한다.

중급 : 게시판 등을 검색한 후 이것저것 깔아서 써본다.

고급 : 깔아 쓰는 프로그램이 정해져 있다.

운영자 : 쓰는 프로그램이 정해져 있으나 가끔 새로
　　　　운 것을 찾아본다.

6. 윈도우 설치

초급 : 친구나 A/S를 통해 해결한다.

중급 : 이번이 몇 번째 설치인지 횟수를 세어본다.

고급 : 시디 키를 외우는 자신에 경악한다.

운영자 : 디스크 교체 외에는 다시 설치할 일이 없다.

7. 게시판에서 자주 쓰는 글제

초급 : [질문]

중급 : [소감], [잡담], [반박], [참고], [펀글], [후기] 등
　　　많다.

고급 : [답변], [정보], [공지] 등

운영자 : Re: FYI: 등 뉴스그룹 습관을 못 버린다.

8. 인터넷

초급 : 웹브라우저를 인터넷과 동격이라 생각한다.

중급 : FTP 등 여러 가지를 사용한다.

고급 : IRC 등에서 죽친다.

운영자 : 직업이다. 운영자는 테크니컬 라이터.

9. 게임 장르

초급 : 싱글게임을 주로 한다.

중급 : 거의 모든 장르와 온라인을 넘나든다.

고급 : 뭘 해도 별 감응이 오지 않는다.

운영자 : 8비트 컴퓨터 시절 게임 개발하다 그만두고
　　　　지금까지 게임은 안 한다.

10. 담배를 끊을래? 컴퓨터를 안 쓸래?

초급 : …………

중급 : 신중하게 생각해본 후 어느 한쪽을 결정한다.

고급 : 미쳤냐! 둘 다 포기 못해!

운영자 : 컴퓨터, 오디오, 담배, 그리고 커피…….

11. 소리바다를 어떻게 생각하나?

초급 : 소리바다…가 뭐지요?

중급 : 상용 서비스는 절대 안 된다.

고급 : 어떻게 되든 말든 구할 곳은 딴 곳에도 많다.

운영자 : 역시 별 관심이 없다.

접시 깬 사람은?

누나와 엄마는 설거지를 하고, 아빠와 아들은 TV를 보는데 갑자기 쨍그랑 소리가 났다.

정적 속에서 아빠가 아들에게 물어보았다.

"누가 접시 깼는지 보고 와라!"

"그것도 몰라? 엄마잖아!"

"어떻게 아니?"

"엄마가 아무 말도 안 하잖아."

황당한 부부

　어떤 가족이 승용차를 몰고 고속도로를 달리는데 경찰이 차를 세웠다.

　운전자가 경찰에게 물었다.

　"제가 무슨 잘못이라도 했나요?"

　경찰이 웃음을 띠며 말했다.

　"아닙니다. 선생님께서 안전하게 운전을 하셔서 '이달의 안전 운전자'로 선정되셨습니다. 축하합니다. 상금이 500만 원인데 어디에 쓰실 생각이십니까?"

　"그래요? 감사합니다. 우선 운전면허를 따는데 쓰겠습니다."

　그러자 옆자리에 앉아 있던 여자가 황급히 말을 잘랐다.

　"아, 신경 쓰지 마세요. 저희 남편이 술 마시면 농담을 잘해서요."

어떤 남자가 달콤한 말로 아가씨를 유혹해서 호텔방에 데리고 갔다.

그는 사실을 고백하지 않으면 두고두고 양심의 가책을 받을 것 같아 머뭇거리면서 말을 꺼냈다.

"사실은 나 말이야……."

"사실은 뭐요?"

"사실은 나 유부남이야……."

그러자 아가씨가 안도의 한숨을 내쉬며 말했다.

"뭐예요, 난 또 호텔비가 없다는 줄 알고 깜짝 놀랐잖아요!"

서울 구경

    시골에서 서울 구경을 하러 올라온 할아버지와 할머니가 아주 짧은 미니스커트 차림의 처녀를 보고는 그만 입이 딱 벌어졌다. 이를 본 할머니가 놀라면서 한 마디 했다.

    "나 같으면 저런 꼴 하고는 밖에 나오지 않겠구먼!"

    그러자 할아버지가 대답했다.

    "임자가 저 정도면 나 역시 밖으로 나오지 않고 집에만 있겠구먼……."

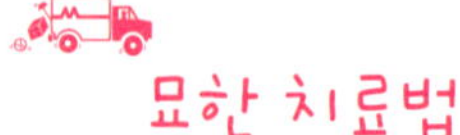

묘한 치료법

어느 초능력자가 '기인열전'에 출연하였다.

그 초능력자는 안수로 병을 치료하는 놀라운 사람이었다. 그는 TV를 시청하고 있는 환자들도 한 손은 아픈 곳에 다른 한 손은 TV 화면에 대면 기를 통해 병을 치료할 수 있다고 한다.

그때 집에서 TV를 보고 있던 할아버지가 한 손은 자기의 거시기를 잡고 다른 한 손은 TV에 살포시 갖다 대는 것이었다.

그런데 아까부터 이를 지켜보던 할머니가 같잖다는 표정으로 한 마디 한다.

"영감! 저 사람이 아픈 데를 고친다고 했지, 언제 죽은 데를 살린다고 했수? 에~구, 속 터져."

의사의 대답

어떤 여자가 정신과 의사를 찾았다

"선생님, 전 술만 먹었다 하면 남자를 밝혀요. 그러고 나서는……."

그러자 의사가 장식장 문을 열며 말했다

"자~ 잠깐만요. 양주 한 병 나눠 마시면서 천천히 진찰해 봅시다."

비아그라와 콩나물

　콩나물 재배업자가 비아그라를 넣어 재배한 콩나물을 시판했다. 예상대로 주부들의 인기가 대단했다. 하지만 며칠 안 가 주부들이 반품을 요구해 왔다.

　이유인즉 콩나물을 아무리 삶아도 숨이 죽지 않는다는 것이었다. 때마침 바람둥이가 이곳을 지나가다 이 광경을 보고 한 마디 거들었다.

　"삶을 때 조개를 함께 넣어보세요. 바로 죽습니다."

그것도 모르냐?

시골에 사는 할머니가 면사무소에 주민등록증을 만들러 갔다.

직원 : 할머니! 혈액형이 뭐예요?

할머니 : 이봐라, 혈액형이 뭐꼬?

직원 : 피 말이에요. 피······.

할머니 : 아~ 난 또 뭐라꼬······.

직원 : 아세요?

할머니 : 이년아, 그것도 모르는 사람도 다 있나?

직원 : 뭔데요?

할머니 : 난 빨간 피다. 와, 어쩔래?

과자류

1년에 한 번 목욕 가는 사람이 가기 전에 먹는 과자
→ 때빼로!!

신혼 첫날밤 친구들이 들이닥쳐 할 수 없이 내놓는
과자 → 왜와스

나이트에서 못생긴 아저씨가 집적될 때 먹는 과자
→ 나~애이써~~

신앙심이 아주 깊은 사람이 기도드리고 나서 먹는 과
자 → 오!예수

코가 작으시다구요? 먹으면 코가 커지는 음료
 → 코가 클라!!

피박에 광박, 쓰리고에 멍박까지 판을 엎고 싶을 때
먹는 음료 → 파토레이!!

신용불량자에게 힘내라고 권해 주는 음료
 → 가프리

과외 선생님에게 수고하셨다고 부모님이 주는 음료
 → 레쓴비

할아버지 할머니가 좋은 일 있을 때 드시는 음료
 → 칠순사이다

약류

술 먹은 다음날 견디라고 먹는 약
→ 견디셔!!

여자 친구가 없는 분 이 약만 먹으면 여자들이
→ 우루루~~

꽃미남이 되고 싶은 남성 이 약을 드세요
→ 원빈디

신발류

건망증 심한 분들 물건을 쉽게 찾게 해주는 신발
→ 어디뒀스!!

손재주 없는 분들 이 신발만 신으면 장인 저리 가랍
니다 → 맨드러바

북한 사람들에게 아주 사랑을 많이 받은 신발

　→ 리북!!

눈이 나쁘신 분들에게 권하는 신발

　→ 라식스!!

신으면 느낌이 팍팍 오는 신발

　→ 필와!!

라면류

서민을 울리는 라면 국회의원들이 주로 드시는 라면

→ 양심 쉰라면

동네 아줌마가 미용실 갈 때 먹는 먹어도 먹어도 풀리지 않는 라면　→ 막파마!!

다방에 자주 가는 아저씨가 찾는 라면

　→ 김양라면!!!

미팅 때 맘에 들지 않는 여성분이랑 파트너 됐을 때
시키는 라면
　→ 너구려!!

국민 라면입니다, 특히 영화를 좋아하시는 분들이 시
키는 라면
　→ 안성기면!!

가슴 작은 여성분들이 먹는 아이스크림
　→ 브라뽕콘!!

화장실 냄새를 패버리는 약
　→ 패버리지!!

이도 닦고 잇몸 상처도 아물게 하는 칫솔
　→ 마데칫솔

뻐꾸기가 된 공처가

술을 잔뜩 마시고 늦게 귀가한 어떤 공처가가 다음날 동료들에게 간밤의 이야기를 들려주었다.

"어젯밤 정말 큰일 날 뻔했어."

"왜? 무슨 안 좋은 일이라도 있었던 거야?"

"내가 새벽에 들어갔더니 글쎄 침대에서 자고 있던 마누라가 몇 시냐고 묻잖아. 그래서 이제 10시밖에 안 됐다고 얼버무렸지. 그런데 때마침 뻐꾸기시계가 '뻐꾹, 뻐꾹' 하고 두 번만 우는 거야."

"그래서 어떻게 했어?"

"급한 김에 어떻게 해. 잽싸게 시계 밑으로 가서 나머지 여덟 번은 내가 울었지 뭐."

할머니의 항변

다리의 통증이 심한 할머니가 있었다.

장마철에 이르자 할머니는 도저히 아픔을 참지 못해 병원을 찾았다.

"의사 양반, 왼쪽 다리가 쑤시는데 요즘 같은 날씨엔 도저히 못 참겠수. 혹시 몹쓸 병은 아닌지……."

할머니의 걱정에도 아랑곳 하지 않고 의사는 건성건성 대답했다.

"할머니, 걱정하지 않으셔도 돼요. 나이가 들면 다 그런 증상이 오는 거예요."

그러자 할머니는 버럭 화를 내며 말했다.

"이보슈, 의사 양반! 아프지 않은 오른쪽 다리도 나이는 동갑이여."

어떤 부인이 은행 출납계에 가서 수표를 바꿔달라고 했다. 은행 직원이 부인에게 말했다.

"수표 뒷면에 성함과 전화번호를 적어주세요."

부인은,

"수표 발행자가 바로 제 남편이란 말이에요."

"네… 그렇습니까?! 그렇지만 수표 뒷면에 이서를 하셔야만 나중에 남편께서 이 수표를 누가 현금으로 바꿔갔는지 아시게 됩니다."

그제야 부인은 고개를 끄덕이며, 수표 뒷면에다 다음과 같이 적었다.

"여보… 저예요!!!"

제4장

유머 아우토반 고고씽!

모녀가 영화관에 갔다.

한참 영화에 빠져 있는데 딸이 엄마의 귀에 대고 소곤거렸다.

"엄마, 아까부터 옆에 있는 남자가 자꾸 내 허벅지를 만져."

엄마도 조용히 딸에게 속삭였다.

"그래? 그럼 나랑 자리 바꾸자!"

정신병원

　몇몇 정신병원 환자들이 두꺼운 책을 텍스트로 열띤 토론을 벌이고 있었다.
　토론은 IT 산업 고객에 관한 내용이었다.

　환자1 : 이 책은 너무 나열식이야.
　환자2 : 게다가 등장인물이 너무 많아서 좀 산만해.
　환자3 : 고객들 정보 공개 동의 여부는 알아봤나?

　그런 얘기들로 열기를 더해 가는데 간호사가 급하게 들어와 물었다.
　"누구 전화번호부 가져간 사람 있어요?"

횡단보도

어떤 할머니가 횡단보도에 서 있는데 한 학생이 다가와 친절하게 말했다.

"할머니, 제가 안전하게 건너시도록 도와드릴게요."

할머니는 학생의 호의를 고맙게 받아들이고는 횡단보도를 건너가려고 했다. 학생은 깜짝 놀라며 할머니를 말렸다.

"할머니! 아직 아닌데요. 지금은 빨간불이거든요."

그러자 할머니는,

"아니야, 지금 건너야 돼."

라며 막무가내로 건너가려고 했다.

"할머니, 빨간불일 때 건너면 위험해요!"

라고 말하며 할머니가 건너지 못하게 잡았다.

그러자 할머니는 학생의 뒤통수를 냅다 치며 말했다.

"이눔아! 파란불일 때는 나 혼자서도 충분히 건널 수 있어!"

땀 흘리는 물고기

땀을 뻘뻘 흘리며 집에 돌아온 맹구에게 동생이 물었다.

"형! 물고기도 땀 흘려?"

더위에 지친 맹구는 대꾸도 않고 방으로 들어왔다.

동생이 방에까지 따라 들어와 다시 한 번 물었다.

"형! 말 좀 해봐. 물고기도 땀을 흘리느냐고!"

그러자 맹구가 휙 돌아서며 귀찮다는 듯 말했다.

"당연하지, 이 바보야! 그렇지 않으면 바닷물이 왜 짜겠냐?"

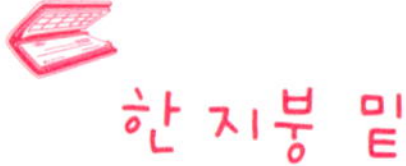

한 지붕 밑

    어느 날 여러 기록들을 조사하던 교도관이 수감 이후 아무도 면회를 와준 적이 없는 죄수가 있다는 사실을 알았다. 마음에 걸리는 일이었으므로 교도소장에게 보고하고 소장은 그 죄수를 불러다가 물었다.

    "알고 보니 당신이 이곳에 온 후로 찾아준 사람이라고는 아무도 없군요. 가족도 친구도 없나요?"

    대답은 너무도 간단했다.

    "염려해 줘서 고맙습니다만 걱정할 것 없습니다. 식구들과 친구들이 죄다 여기 와 있으니까요."

택시비

어떤 아가씨가 숨을 헐떡이며 급히 택시를 잡아탔다.

"아저씨 저는 쫓기고 있어요. 아무 데나 빨리만 가주세요!"

택시기사가 영문을 몰라 하자 아가씨가 재촉했다.

"뒤의 택시가 저를 쫓아오고 있단 말이에요."

마침내 뒤쫓아오던 택시를 완전히 따돌리게 됐다.

그러자 궁금했던 기사가 물었다.

"아가씨 무슨 일로 쫓기는 겁니까?"

그러자 아가씨가 태연하게 말했다.

"예, 돈이 없어서 택시비를 안 냈거든요."

완벽한 엘리베이터

인적이 드문 시골에서 평생을 살아온 한 가족이 생전 처음으로 대도시에 있는 백화점이라는 곳에 가게 되었다.

아내가 화장품 매장에서 넋이 빠져 있는 동안 남편과 아들은 신기한 철문 앞에서 두 눈을 커다랗게 뜨고, 그 철문만 하염없이 바라보고 있었다.

이 신기한 철문은 저절로 열리고 닫히기를 반복했다.

아들이 물었다.

"아빠, 저게 뭐야?"

그러자 아빠가,

"아들아, 나도 저런 건 생전 처음 본단다."

그때 못생기고 뚱뚱한 할머니가 철문 안으로 들어갔다. 그러자 철문이 저절로 닫혔다. 아들과 아빠는 닫힌 철문만 뚫어져라 쳐다보고 있었다.

철문 위에는 1, 2, 3, 4 하는 식으로 숫자가 깜빡거리며 불이 켜졌다.

　드디어 숫자가 1까지 내려오자 철문이 열렸다. 그리고는 몸매가 완벽한데다가 너무나도 아름다고 젊은 여자가 걸어 나왔다.

　아빠가 갑자기 아들에게 다급히 말했다.

　"당장 가서 엄마 데리고 와!!!!!"

신기한 거짓말 탐지기

수뢰 혐의로 몇몇 은행장과 기업 총수, 국회의원이 조사를 받았다. 이례적으로 거짓말 탐지기까지 동원되어 조사가 진행 중이었다.

○○ 기업 총수가 진술했다.
"오억을 건네주었습니다."
그러자 거짓말 탐지기가 '삐―' 하고 소리를 냈다.
그러자 기업 ○○ 기업 총수는,
"사실은 십억을 건네주었습니다."
하고 실토하였다.

△△ 은행장의 차례였다.
"십억을 받아서 오백만 원만 착복하고 나머지는 은행 수익으로 돌렸습니다."
그러자 탐지기가 '삐―' 하였다.
그러자 △△ 은행장은 얼른,

“아니… 뒤바뀌었습니다.”
하고 실토하였다.

이번에는 국회의원 차례였다.
“사실은……”
‘삐~~~!’

무서운 초등학생

XX초등학교 수학 시간.

"자 1+1은 뭐죠?"

라고 선생님이 묻자 애들은,

"2요!"

라고 말했다. 그런데,

"모든 수라는 집합의 원소요!"

라고 말한 한 명의 초등학생이 있었다.

선생님은 초등학생 1학년이 어떻게 그런 어려운 말을 쓰나 하고 잠시 생각하다가,

"1+1이 어떻게 모든 수라는 집합의 원소냐?"

라고 묻자,

"선생님, 물론 1+1=2라는 말도 맞긴 맞습니다. 그러나 2라는 답은 1+1을 만족하는 원소 중의 하나일 뿐입니다. 그러니 선생님이 말하신 답은 1+1이라는 답에서 0.000000000000001%에도 미치지 못하는 아주 작은 범위의 답입니다. 예를 들어 1+1인데 1을 색연필 1다스

라고 생각해 보십시오. 그렇다면 1다스+1다스니까 2다스 또는 24자루라고 말할 수도 있지 않습니까? 그리고 만약에 234kg짜리 돌덩이 1개+234kg짜리 돌덩이 1개를 더하면 468kg 또는 2개라고 말할 수도 있지 않습니까? 그렇게 따져보면 무조건 1+1=2라는 말은 성립이 되지 않습니다."

선생님은 잠시 현기증을 유발하였다가 다시 정신을 차리고는,

"1+1=2라고 수학계에서 정의를 내려놓은 거야! 알겠어?"

라고 말하자,

"그렇다면 수학계에서 왜 1+1=2라고 정의를 내렸는지 가르쳐주세요. 기왕이면 귀류법으로 1+1=2라는 것을 증명해 주시면 더욱 좋고요. 그리고 왜 1+1을 만족할 수 있는 답들은 다 제외시켰는지도 증명해 주세요."

라고 그 초등학생이 말했다.

선생님은 그만 기절하고 말았다.

뒤죽박죽 동화

옛날에 용왕이 아팠다.
그래서 거북이에게 토끼의 간을 구해오라고 했다.

거북이 : 토끼야 간 줘!
토끼 : 나랑 경주해서 이기면 주지.

그리하여 토끼와 거북이는 경주를 했고 토끼가 전날 과음을 한 관계로 자다가 지고 말았다. 거북이가 간을 내놓으라고 하자 토끼는 미친 듯이 도망을 치고 말았다.
그때 마침 지나가던 사냥꾼이 미친 토끼를 발견하고 잡았다. 잡은 토끼를 연못 옆에 두고 물을 마시는데 토끼가 데구루루 굴러서 연못에 빠졌다.
연못 한가운데서 나타난 산신령!

산신령 : 금토끼가 네 토끼냐?
사냥꾼 : 아니옵니다.

산신령 : 은토끼가 네 토끼냐?
사냥꾼 : 아니옵니다.
산신령 : 그럼 이 산토끼가 네 토끼냐?
사냥꾼 : 그렇사옵니다.
산신령 : 오, 장하도다! 내 너에게 이 토끼를 다 주겠
　　　　노라.

토끼들이 다 도망가 버렸다. 화가 난 사냥꾼은 화병
으로 죽고 마누라가 떡을 팔아서 생계를 유지하고 있었
다. 바로 그때!!

호랑이 : 떡 하나 주면 안 잡아먹지~!

안 주고 도망치다가 잡아먹혔다. 호랑이가 사냥꾼 마
누라의 주민등록증에 적힌 주소로 찾아갔다.

호랑이 : 애들아! 엄마 왔다.
아이들 : 거짓말! 엄마 목소리가 아닌데…… 손을 넣
　　　　어봐.

호랑이가 손을 넣자 아이들이 큰 소리로 말했다!!

아이들 : 어? 엄마 맞네.

문을 열자 호랑이가 뛰어 들어왔고 놀란 아이들은 뒤로 도망가서 나무 위에 올라갔다.

호랑이 : 나무 위에 어떻게 올라갔니?
아이들 : 참기름 바르고 올라왔다.

호랑이가 참기름을 바르자 쑥쑥 잘 올라가지는 것이었다. 놀란 아이들은 하늘에 빌었다.

아이들 : 하느님! 저희를 살리시려면 금 동아줄을, 죽
         이시려면 썩은 동아줄을 내려주세요.

엘리베이터가 내려왔다.
아이들이 타서 문을 닫는데 호랑이가 열림을 눌렀다.
호랑이가 타는 것이다!!

그러나 정원 초과 벨이 울려서 호랑이는 내리게 되었고, 혼자내리기 무안한 호랑이는 오빠를 끌고 내려와서 잡아먹었다.

그렇게 하늘로 올라간 여동생은 목욕이 하고 싶어졌다. 그래서 땅으로 내려와서 목욕을 하는데 나무꾼이 옷을 가져간 것이다! 어쩔 수 없이 결혼을 했다.

자식 3명을 낳자 날개옷을 돌려달라고 했다. 사슴이 아이가 셋이면 하늘로 갈 수 없다고 했기에 안심하고 돌려줬다. 그러자 선녀가 아이 둘은 팔에 끼고, 하나는 입에 물고 하늘로 날아가는 것이 아닌가!!

그래서 나무꾼이 참다못해 한 마디 했다.

나뭇꾼 : 야! 이노무 선녀야!
선녀 : 왜~?

입을 벌린 선녀는 그만 입에 물었던 아이를 놓치게 되었고, 떨어지는 아이를 받다가 나무꾼은 장님이 되었다.

그렇게 젖동냥하면서 키우다가 심청이가 나이가 들어서 취직을 하게 되었다.

심청이가 퇴근하길 기다리던 심 봉사! 그만 강에 빠지고 만다.

심 봉사 : 사람 살려!
스님 : 내가 구해주리다!
심 봉사 : 휴… 고맙소!
스님 : 별 말씀을 그럼…….
심 봉사 : 잠깐!
스님 : 왜 그러시오, 행자님.
심 봉사 : 혹시 돈 좀 가진 거 있소?
스님 : 어허허 행자님, 농담도 잘 하시는구려.
심 봉사 : 진담이오. 돈 내놔!

돈에 눈이 멀어 스님에게 삥을 뜯으려던 심 봉사는 경찰에 체포되어 감옥에 갇힌다. 그래서 심청이가 면회를 갔는데 그 모습을 본 변 사또가 한 마디 한다.

변 사또 : 예쁘구나, 내 수청을 들라!
심청 : 아니 되옵니다.

변 사또 : 내 수청을 들래두!

심청 : 아니 되옵니다.

변 사또 : 이런 발칙한 년을 봤나, 당장 이년을 하옥

하라.

그때 암행어사 출도요~~!

암행어사 : 당장 변 사또를 하옥하라!!

포졸 : 네~.

암행어사 : 심청아, 고개를 들라.

심청 : 와~ 이 도령이다~!

그렇게 재회를 한 둘은 기쁨에 겨워 춤을 추고 있었다.

그때!! 12시 종이 땡땡 울려 심청이는 고무신 한 짝을 남기고 떠나갔다. 결국 고무신의 냄새 추적으로 다시 만나 결혼해서 행복하게 잘 살다가 세상을 떴다.

그 부부에겐 아들이 둘 있었는데 못 된 형이 동생을 부모님이 물려주신 유산은 하나도 안 주고 쫓아낸 것이었다.

그래서 불쌍한 흥부는 담배만 피우고 있었는데 옆에 있던 제비가, 뭉치랑 같이 김두환한테 덤비다 맞아서 다리가 부러진 것이었다.

대충 담뱃불로 지져주면서 치료를 해주니 제비가 고맙다고 박씨를 줬다. 박씨를 심고 부푼 맘으로 잠이 들었다.

다음날 박씨 심은 데로 가보니 줄기가 하늘까지 닿아 있었다. 호기심 많은 흥부는 타고 올라가 봤다. 하늘 위엔 거인이 있고 황금알을 낳는 황금닭이 있었다.

'바로 이거다!'

흥부는 황금알을 낳는 닭을 몰래 가지고 내려와서 부자가 되었다. 근데 황금알을 매일 낳는 걸로 봐서 뱃속에 황금이 가득 들어 있을 것 같았다. 그래서 배를 갈랐더니 황금알을 낳던 닭은 죽어버리고 말았다.

흥부가 슬퍼하고 있는데 거북이 왔다.

거북 : 이게 뭐요?
흥부 : 닭이 죽은 거요.
거북 : 이거 나 주면 안 되오?

흥부 : 가져가시오.

거북이는 닭의 간을 빼서 용왕에게 가져다주고 그걸
먹은 용왕은, 하루에 한 번씩 황금알을 낳았다고 한다.

노하우

　경찰서를 방문한 사람이 전날 밤 자기 집에 들어왔던 도둑을 만나게 해달라고 했다.
　"재판할 때 볼 수 있을 텐데요."
　"실은 그 사람한테서 알아내야 할 게 있어서요."
　"그게 뭔데요?"
　"어떻게 우리 마누라를 깨우지 않고 집에 들어올 수 있었는지를 알고 싶단 말입니다. 난 여러 해 동안 해봐도 안 되던데……."

좌우명

영어 수업 시간이었다.

different를 배우다가 스카이 얘기가 나오게 되고, 그러다 갑자기 좌우명 얘기를 선생님이 하시는 것이다.

"우리 반 아이들의 좌우명을 집에 가서 천천히 보고 있는데 이런 좌우명이 있더구나. 'SKY! It's difficult.' 그래서 선생님은 이 아이가 different를 알긴 아는데 실수했거나, 아니면 잘 모르는 게 아닌가 하고 그 다음날 그 아이에게 물어봤단다. 차마… 스펠링이 틀렸다는 말은 못하고 '너의 좌우명은 무슨 뜻이니?' 라고 물어봤단다. 그랬더니 대답이…… 'S-서울대, K-고려대, Y-연세대 거기 가는 건 어렵다는 뜻이에요.'"

선생님은 할 말이 없었단다.

기분 좋은 비

■ 길을 가다 비 닮은 사람을 보면?
 – 너비아니

■ '비가 LA를 가다.' 를 줄이면?
 – LA갈비

■ 비의 매니저 이름은?
 – 비만관리

■ 비가 자기소개를 할 때 뭐라 할까요?
 – 나비야

■ '내일 아마 비가 올 것이다.' 를 줄여서 뭐라고?
 – 메이비(MAYBE)

거스름돈

한 박스에 5천 원짜리 귤을 사고 만 원을 냈어.

근데 아저씨가 6천 원을 거슬러주는 거야.

그래서 난 아저씨가 알기 전에 눈썹이 휘날리도록 열나게 뛰었지롱~.

우쒸… 그런데 말이야…… 귤을 놓고 왔지 뭐야.

아이고, 요놈의 정신!

애인 있는 유부남의 고민

■ 집에서 애인 전화 왔을 때 헛소리해야지….

■ 밖에서 먹은 밥, 집에 와서 또 먹어야지….

■ 잘못 맞추면 하루에 두 탕 뛰고 쌍코피 터지지….

■ 애인한테 죽어도 못 할 이혼한다고 거짓말해야지….

■ 모텔에서 옷 입을 때 속옷 잘 입었나 신경 써야지….

■ 애인하고 샤워할 때 집에 있는 비누 냄새하고 달라서 비누칠 못 하지….

■ 때로는 시장바구니 들고 나가 딴 짓 해야지….

■ 집에 있을 때 애인 전화 오면 '왜 이렇게 잘못 걸려온 전화가 많지?' 하고 딴청 피워야지….

■ 잘못 맞추면 하루에 두 탕 뛰고 엉덩이에 파스 붙여야지….

■ 밥할 시간 맞춰 택시 타고 귀가해야지….

■ 아이들 일일이 친정에 맡겨야지….

■ 몰래 몰래 메일 확인하고 또 답 메일 보내야지….

■ 립스틱 챙겨나가 화장 꼭 고치고 들어와야지….

전철역 이름도 가지가지

친구 따라 가는 - 강남역
가장 싸게 지은 - 일원역
양력설을 쇠는 - 신정역
숙녀가 좋아하는 - 신사역
불장난하다 사고 친 - 방화역
역 3개가 함께 있는 - 역삼역
실수로 자주 내리는 - 오류역
서울에서 가장 긴 - 길음역
일이 산더미처럼 쌓인 - 일산역
이산가족의 꿈을 이룬 - 상봉역
23.5도 기울어져 있는 - 지축역
어떤 여자라도 환영하는 - 남성역
앞에 구정물이 흐르는 - 압구정역
미안하네 그만 까먹었네 - 아차산역
타고 있으면 다리가 저린 - 오금역
장사하는 사람들이 좋아하는 - 이문역
분쟁 시 노사 간에 만나야 하는 - 대화역

죽은 이들을 기리기 위해 지은 - 사당역
마라톤 선수들이 가장 좋아하는 - 월계역
그대 의견을 꼭 들어주마 - 수락역
스포츠 경기 때마다 바빠지는 - 중계역
길 잃어버린 아이들이 모여 있는 - 미아역
'양치기 소년'의 주인공이 사는 - 목동역
새벽부터 빈 물통 든 사람들이 몰려든 - 약수역
역내 화장실에 항상 뜨거운 물이 나오는 - 온수역
학교 가기 싫어하는 애들이 가장 좋아하는 - 방학역
표 검사뿐 아니라 짐까지 샅샅이 검사하는 - 수색역
구겨졌던 옷이 내릴 때 보니 말끔히 펴져 있는 - 대림역
대학도 아닌 역이 대학인 척하는 - 낙성대역
기초적인 바둑을 가르치는 학교가 있는 - 오목교역
맹자, 공자, 노자 등 성인들이 사는 - 군자역
젖먹이 아기들이 가장 좋아하는 - 수유역
영화감독들이 초조하게 기다리는 - 개봉역
수도를 틀어도 석유가 나오는 - 중동역
악마나 귀신들이 가장 싫어한다는 - 성수역

북한이 남침하지 못하는 이유

　김정일이 핵무장을 해도 남침하지 못하는 이유는 남한에 다음과 같은 것들이 있기 때문이라고 한다.

1. 집집마다 핵(核)가족
2. 골목마다 대포집
3. 밤에는 총알택시
4. 남자들은 폭탄주

최근 버전
1. 남한에는 북한보다 더 센 좌익이 있다.
2. 남한에는 북한 탱크보다 더 센 사이드카가 있다.
3. 남한에는 원자력보다 더 센 촛불이 있다.
4. 남한에는 핸드폰을 든 노숙자가 있다.
5. 남한에는 미국산 쇠고기를 먹고도 죽지 않는 5,000만이 있다.

여자의 마음

한 남자의 거시기가 마냥 길어지자 걷기가 불편해져서 아내와 함께 의사를 찾아갔습니다.

의사는 진찰을 해보고는,

"과연 길군, 이거 수술해서 잘라내야겠군요."

의사의 말이 떨어지기 무섭게 사내의 아내가 슬픈 표정으로 잠시 생각하더니 말했습니다.

"선생님, 거시기는 그대로 두고 두 다리를 늘려주면 안 될까요?"

쥐뿔도 모르면서

옛날 어떤 마을에 한 남자가 살고 있었다. 그는 한가할 때면 윗방에서 새끼를 꼬았는데, 그때 생쥐 한 마리가 앞에서 알짱거렸다. 그래서 그는 조그만 쥐가 귀엽기도 해서 자기가 먹던 밥이나 군것질감을 주었다.

그러자 쥐는 그 남자가 새끼를 꼴 때마다 윗방으로 왔고, 그때바나 그 남사는 무엇인가 먹을 것을 조금씩 주고는 했다.

그러던 어느 날, 그 남자가 이웃마을에 외출을 했다가 들어오니 자기와 똑같이 생긴 남자가 안방에 앉아 있지 않은가? 그는 깜짝 놀라서 외쳤다.

“네 이놈, 너는 누군데 내 방에 와 있는 것이냐?”

그러자 그 남자도 같이 고함을 지르는 것이 아닌가?

“너야 말로 웬 놈이냐?’

집안 식구가 모두 나왔으나 도대체 누가 진짜 주인인지 알 수가 없었다. 자식은 물론 평생을 함께 살아온 부인까지도 구별할 수 없을 만큼 둘은 똑같았다. 어쩔 수 없이 모든 식구가 모인 상태에서 집안 사정에 대해 질문을 하고, 대답을 정확하게 하는 사람을 진짜 주인으로 인정하기로 했다.

부인 이름, 아버지 제삿날, 아들 생일… 둘 다 막힘이 없이 대답했다. 그러자 부인이 부엌의 그릇 수를 물어보았다. 아무리 주인이라도 옛날의 남편들은 부엌 출입을 거의 하지 않았으므로 부엌 살림살이는 물론 그릇이 몇 개인지 어찌 알겠는가? 진짜 주인은 대답하지 못했으나, 가짜는 그릇과 수저의 수까지 정확하게 맞추었다.

결국 진짜 주인은 식구들에게 모질게 두들겨 맞은 뒤에 쫓겨나고 가짜가 그 집의 주인이 되었다. 자신의 집에서 쫓겨난 그는 신세를 한탄하며 이곳저곳을 떠돌았다. 그러다가 어느 절에 들러서 노승에게 자신의 처량한 처지를 하소연했다.

노승은 여차저차 사연을 들은 뒤에 이렇게 말했다.

"그 가짜는 당신이 먹을 것을 준 생쥐라오. 그놈은 당신 집에서 살면서 당신에 대한 모든 것을 파악했고, 부엌에서 밥을 훔쳐 먹다보니 부엌 살림까지 알고 있었던 것이오."

그는 노발대발하며 당장 돌아가서 그 생쥐를 때려죽이겠다고 했다.

노승은 조용히 타일렀다.

"어림없는 말이오. 그놈은 당신의 손때가 묻은 밥을 얻어먹으면서 당신의 정기를 모두 섭취해서 영물이 되었소. 그렇게 쉽게 죽일 수는 없을 거요."

"그러면 어떻게 해야 합니까?"

"여기 내가 기른 고양이를 줄 테니 데리고 가서 여차저차 하시오."

그는 노승에게 얻은 고양이를 보따리에 감추고 자신의 집으로 들어갔다. 대청에는 가짜 주인이 자신의 부인과 함께 담소를 나누고 있다가 소리를 질렀다.

"저놈이 그렇게 혼나고도 또 왔단 말이냐?"

그러자 아들을 비롯한 식구들이 모두 나왔다.

그는 보따리를 풀어헤치며 고양이를 내놓고 이렇게 대꾸했다.

"오냐, 이놈아. 이것이나 본 뒤에 떠들어라."

가짜 주인은 고양이를 보자 혼비백산하여 피하려고 하였다. 그러나 고양이가 더 빨랐다. 비호같이 덤벼들어 목을 물자 가짜 주인은 생쥐로 변해서 찍찍거렸다.

"이래도 누가 주인인지 모르겠느냐?"

그가 지금까지의 사연을 털어놓자, 아내와 가족들은 백배 사죄하면서 잘못을 빌었다.

그날 밤, 술상을 들고 남편에게 온 아내는 고개를 들지 못했다. 남편은 껄껄 웃으면서 말했다.

"여보, 당신은 나와 그만큼 살았으면서 내 거시기와 쥐 거시기도 구별 못 한단 말이오?"

아내는 더욱 고개를 들지 못했고, 남편은 너그럽게 용서해 주고 잘 살았다고 한다.

이 이야기에서 거시기는 남자의 성기를 가리키며, 여기에서 '쥐 거시기도 모른다.' 라는 말이 생겼다.

그러나 아무리 속담이라도 남자의 성기를 입에 담기는 남세스러운 일이다. 그래서 거시기가 외형상 성기와 유사한 뿔로 바뀌어서 '쥐뿔도 모른다.' 란 속담이 된 것이다.

이 속담의 의미는 '평생을 함께 산 배우자의 몸에 대해서도 모르는 주제에 뭐가 잘났다고 아는 척하느냐?

즉, 당연히 알아야 할 것도 모르는 주제에 공연히 나서
지 말고 가만히 있어라.' 라는 뜻이다.

남편 놀라게 하러 갔다가

　성공한 비즈니스맨 5명이 공동투자로 캐나다 수렵지의 공동원시림을 구입했다. 그들은 1년에 한 번씩 2주간의 휴가를 얻어 남자들끼리만 지내기로 했다.

　"문화 시설이라고는 없어. 당신을 데려가고 싶지만 더운물도 없고 숲 속에서 볼일을 봐야 하고 밤에는 모기떼가 물어뜯거든. 여자들을 데리고 갈 곳은 못 돼."

　남자들은 아내를 이런 말로 설득해서 떼어놓곤 했다. 어느 해 8월, 남자들이 원시생활을 하러 캐나다로 떠난 뒤 무료해진 5명의 아내들은 원시생활을 한 번쯤 경험해 보는 것도 괜찮을 듯하다는 생각에 남편들을 놀라게 하기 위해 예고 없이 찾아갔다.

　그런데 원시림으로 둘러싸인 수렵지 입구를 지키고 있던 늙은 경비원이 근엄한 눈으로 부인들에게 말했다.

　"오늘은 잠자코 그냥 돌아가는 게 좋을 거요. 이번 휴가는 주인님 다섯 분이 모두 동부인해서 왔거든요!"

사장의 유머

사장이 출근해서 직원들에게 오늘 회사에 나오다가 라디오에서 들었다며 유머를 이야기했다.

그러자 모든 사원이 웃었는데 한 여사원이 전혀 웃지 않고 있었다.

사장이 궁금해서 물었다.

"자네는 왜 웃지 않나?"

"전 이제 웃을 필요가 없어졌어요."

"그게 무슨 말인가?"

"사장님, 죄송한데 저 내일 회사 그만두거든요."

1학년 - 고가 세일

2학년 - 보통 세일

3학년 - 원가 세일

4학년 - 덤핑 세일

여자의 소원

어느 날 골프장에 나간 여자가 공을 숲으로 쳐 보냈다.

공을 찾아 들어간 여자는 덫에 걸린 개구리를 발견했다. 그러자 개구리는,

"나를 여기서 빠져나가게 해주면 소원 세 가지를 들어줄 거야."

라고 말했다. 여자는 개구리를 풀어줬다.

"고마워! 그런데 소원을 들어주는 데는 한 가지 조건이 있어. 그대가 원하는 것이 무엇이건 남편은 그보다 열 배나 더 받게 될 거야!"

여자는 좋다고 했다.

첫 번째 소원은 세계 제일의 미인이 되는 것.

개구리는 남편이 세계 제일의 미남이 돼 뭇 여자들의 동경의 대상이 될 것이라는 점을 경고했다. 여자는 자기가 세계 최고의 미인이 될 거니까 괜찮다고 했다. 그래서 최고의 미인이 됐다.

　두 번째 소원은 세계에서 가장 돈 많은 여자가 되는 것.

　개구리는 그러면 남편은 가장 돈 많은 남자가 된다는 점을 일깨워줬다. 여자는,

　"내 것이 그 사람 것이고 그 사람 것이 내 것이니 괜찮아요."

라고 대답했다. 그래서 가장 돈이 많은 여자가 됐다.

　다음으로 세 번째 소원을 묻자 여자는 살짝 심장마비가 와주면 좋겠다고 했다.

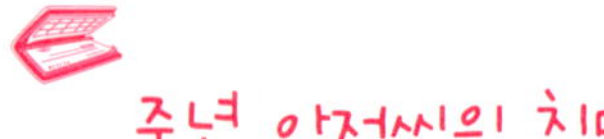

1. 3단계 : 부부 행사 마치고 집에 돌아가려고 바지를 입는다.

2. 2단계 : 부부 행사 마치고 돈을 주려고 지갑을 꺼낸다.

3. 1단계 : 마누라 앞에서 선다.

골프 인생의 4단계

1. 골프 인생 1단계

막 시작한 사람들의 단계 : 만나는 사람마다 골프를 권한다.

2. 골프 인생 2단계

어느 정도 알게 된 사람들의 단계 : 만나는 사람마다 골프를 가르치려고 한다.

3. 골프 인생 3단계

제법 잘하는 사람들의 단계 : 가르치려고 하지 않고 만약 누가 물어오면 '잘 모르지만 나는 이렇게 생각한다.'고 대답한다.

4. 골프 인생 4단계

골프 실력이 대단한 사람들의 단계 : 누가 물어오면 '나 같은 사람에게 배우지 말고 비디오를 보거나 일류 프로에게서 제대로 배우라.'고 한다.

직업별로 싫어하는 사람

1. 목사 : 하나님을 찾지 않고도 잘 사는 사람들

2. 세무사 : 고지서 나온 대로 곧이곧대로 세금 내는 사람

3. 산악인 : 내려올 걸 뭣 하러 올라가느냐고 말하는 사람

4. 중매쟁이 : 연애 잘 하는 사람

5. 골프공 제조회사 사장 : 공 하나로 라운드 끝냈다는 사람

6. 여행업자 : 집 나가면 고생이라는 사람

7. 성형외과 의사 : 생긴 대로 산다는 사람

어떤 요리사

어떤 요리사가 있었다.

요리사는 붕어 요리를 잘했다.

이날도 붕어를 요리하기 위해 붕어를 자르고 있었다. 그런데 노란색 붕어를 잘랐는데 피가 노란색이 아니라 검은색이었다.

이상하게 생각한 요리사는 왜 노란색 피가 아니냐고 붕어에게 물었다. 붕어 왈,

"지는 붕어빵인디유!"

사랑과 소주의 공통점

1. 한 번 빠지면 시간가는 줄 모른다.

2. 의지할수록 언제나 함께할 수 있다.

3. 깨고 나면 남는 건 병(?)뿐이다.

4. 한 번 취하면 어느새 실실 웃고 있다.

5. 의지할수록 언제나 함께해 준다.

6. 너무 취하면 깨고 나서 그만큼 아프고 힘들다.

아버지가 화난 이유

아버지는 시골에서 딸을 서울의 대학교로 유학시키고 논밭 다 팔아서 뒷바라지를 했다.

여름방학이 되자 성숙된 모습의 여대생이 되어 딸이 고향집에 찾아왔다. 딸은 먼저 아버지에게 큰절을 했다. 그러고는 갑자기 큰 소리로 울기 시작했다.

"엉엉. 아부지에~ 지가 홀몸이 아니구만유~~~."

이 말을 들은 아버지는 화가 난 나머지 딸의 뺨을 때렸다. 그러고는 분이 풀리지 않은 목소리로 소리쳤다.

"내가 뼈 빠지게 고생해서 서울로 유학까지 보냈는데, 아직까지도 사투리를 못 고치다니!! 고연 것 같으니라고."

썰렁 개그

- 박정희 전 대통령을 한 글자로 묘사하면? 총
- 전두환 전 대통령을 한 글자로 묘사하면? 돌
- 노태우 전 대통령을 한 글자로 묘사하면? 물
- 김영삼 전 대통령을 한 글자로 묘사하면? 꽝
- 김대중 전 대통령을 한 글자로 묘사하면? 뻥
- 노무현 전 대통령을 한 글자로 묘사하면? 황
- 자가용의 반대말은? 커용 (작아용 ↔ 커용)
- 여필종부란? 여자는 반드시 종합부동산세를 내는 남자와 결혼해야 한다는 말
- 아이스크림이 교통사고를 당했다, 왜? 차가와서
- 별 3개가 불에 타고 있으면? 삼성화재
- 예쁜 여자를 짧게 줄이면? 예쁜걸

- 추운 남자를 짧게 줄이면? 춥군

- 나나가 지구에 오면? 지구온나나

- 대통령 선거의 반대말은? 대통령 앉은거

- 열 명의 스님이 쉬고 있으면? 열중쉬어

- MC몽이 선탠하면? 구운몽

- 할아버지가 제일 좋아하시는 돈은? 할머니

- 아빠 두 명 엄마 한 명을 4자로 줄이면? 두부한모

- 높은 곳에서 출산하는 것은? 하이애나

- 김밥이 죽으면? 김밥천국

- 신사가 하는 인사는? 신사임당

- 푸가 여러 명 있으면? 푸들

- 오랜 기간 동안 추우면? 춥지롱

- 오랜 기간 동안 더우면? 덥지롱

- 오랜 기간 동안 배고프면? 배고프지롱

맥주병 해병

해병이 있었는데 그는 수영을 못 하는 맥주병이었다.
하루는 친구들이 놀렸다.
"야, 넌 해병인데도 수영을 못 하냐? 너 해병 맞니?"
그러자 그 해병이 한 마디 했다.
"그럼 공군은 다 날아다니냐?"

거지와 정치 철새의 공통점

- 주로 입으로 먹고 산다.

- 거짓말을 밥 먹듯 한다.

- 정년퇴직이 없다.

- 출퇴근 시간이 일정치 않다.

- 사람이 많이 모이는 곳에는 항상 나타나는 습성이 있다.

- 지역구 관리 하나는 똑 소리 나게 잘한다.

- 되기는 어렵지만 되고 나면 쉽게 버리기 싫은 직업이다.

- 현행법으로 다스릴 재간이 없다.

4×7=27

옛날에 고집 센 사람과 똑똑한 사람이 있었다.

둘 사이에 다툼이 일어났는데 다툼의 이유인즉, 고집 센 사람이 4×7=27이라 주장하고, 똑똑한 사람이 4× 7=28이라 주장했다.

답답한 나머지 똑똑한 사람이 고을 원님께 가자고 말하였고, 그 둘은 원님께 찾아가 시비를 가려줄 것을 요청했다.

고을 원님이 한심스러운 표정으로 둘을 쳐다본 뒤 고집 센 사람에게 말을 했다.

"4×7=27이라 말하였느냐?"

"네, 당연한 사실을 말했는데 글쎄 이놈이 28이라고 우기지 뭡니까?"

그러자 고을 원님은 다음과 같이 말했다.

"27이라 답한 놈은 풀어주고, 28이라 답한 놈은 곤장을 열 대 쳐라!"

고집 센 사람은 똑똑한 사람을 놀리며 그 자리를 떠

났고, 똑똑한 사람은 억울하게 곤장을 맞아야 했다. 곤
장을 맞으면서 똑똑한 사람이 원님께 억울하다고 하소
연했다.

그러자 원님의 대답은,

"4×7=27이라고 말하는 놈이랑 싸운 네놈이 더 어리
석은 놈이다. 내 너를 매우 쳐서 지혜를 깨우치게 하려
한다."

UCC와 악마

　요즘 UCC가 폭발적으로 유행하면서 어딜 가나 개인 카메라와 CCTV가 감시하는 세상이 되었다.

　최근에 한 남자가 신(神)을 만났는데 신이 한가하게 컴퓨터 모니터를 들여다보고 있었다.

　남자는,

　"요즘 신께서 한가해지신 것 같습니다."

라고 말하자 신이 대답했다.

　"요즘은 니들끼리 서로 다 보고 있으니 내가 쫓아다니며 자세히 볼 일이 없어졌어."

　그 남자가 이번엔 악마를 만났는데 신과는 달리 악마는 모니터를 보며 눈코 뜰 새 없이 바쁘게 키보드를 두들기고 있었다.

　도대체 뭘 하는데 그렇게 정신없느냐고 묻자 악마가 대답했다.

　"말 시키지 마. 요즘 악플 다느라 바쁘다고!"

노는 남편

　직장 찾을 생각을 하지도 않고 노는 남편에게 부인이 말했다.

　"친정 아빠는 우리 집세를 내주시고, 우리 먹을 음식은 엄마가 사주시지, 언니는 우리 옷을 사주지, 우리 삼촌은 차를 사줬지, 창피해서 어떻게 살아."

　그러자 남편이 말했다.

　"말 한 번 잘했다. 왜 네 오빠 둘은 아무것도 안 해주니?"

멍청한 두 사내가 경품 행사를 하고 있는 주유소에 갔다. 거기서는 기름을 넣고 나서 경품에 당첨되면 공짜로 섹스를 즐길 수 있다는 것이었다. 그래서 기름을 넣고 주유소 사람에게 갔다.

"난 지금 하나에서 열까지의 숫자 중에서 하나를 생각하고 있는데 그걸 알아맞히면 공짜 섹스를 즐길 수 있어요."

라고 하는 것이었다.

"좋아요, 7이죠?"

라고 한 사내가 말했다.

주유소 직원은,

"안됐군요. 정답은 8입니다."

라고 했다. 그러자 같이 간 동료가 '2' 라고 했다.

"미안해요, 3입니다. 다음번에 다시 해보세요."

라고 직원은 말했다.

차 있는 곳으로 걸어가면서 한 사내가 말했다.

“이 경품은 엉터리인 것 같아.”
그러자 친구가 말했다.
“천만에. 우리 마누라는 지난달 두 번이나 경품을 따 냈단 말이야!”

시내버스의 벨이 고장 났다.

한 할머니가 조용히 운전수에게 가서 딱 한 마디 했다. 뭐라고 했을까?

"삑~~~!"

승마 다이어트

한 남자가 친구에게 말했다.

"요즘 아내가 다이어트를 위해 매일 승마를 해. 그런데 살이 너무 많이 빠져서 고민이야."

"와~ 승마가 정말 효과가 있나 보구나?"

"아니~ 내 아내가 빠진 게 아니라, 말이 10kg이나 빠졌어."

정신병원에 두 명의 환자가 입원해 있었다.

어느 날 남자 환자가 병원 내 수영장에서 가장 깊은 곳에 뛰어들었는데 한참이 지나도록 물 위로 떠오르지 않았다.

그걸 본 여자 환자가 물로 뛰어들어 바닥에 가라앉아 있는 그 남자를 물 밖으로 끌어내 구조했다.

병원장이 그 애기를 전해 듣고서 여자 환자가 정상이 되었다고 판단하고 퇴원시키기로 했다.

그녀를 찾아간 병원장이 말했다.

"좋은 소식과 나쁜 소식을 전해 드리겠습니다. 먼저 좋은 소식부터 말씀드리면, 당신은 물에 빠진 사람을 구조할 정도로 정상으로 회복되었으니 퇴원시키기로 했고, 나쁜 소식은 당신이 구조한 그 남자가 어젯밤 목욕탕에서 목매어 자살했습니다."

그랬더니 그 여자 환자, 정색을 하고 그게 아니라고

주장했다.

　"선생님! 그게 아닌데요. 자살한 게 아니에요. 그 남자가 너무 물에 젖었길래 건조시키려고 제가 거기에 매달아 놓았던 거라구요."

할머니와 자판기

한 시골 할머니가 도시에 처음 오셨다.

목이 말라 뭐 마실 거 없나 하고 주위를 살피던 중 자판기를 발견하신 할머니.

허나, 사용법을 모르시는 할머니.

어찌할꼬!

발을 동동 구르다가 동전 구멍을 발견하시고,

"아 일로 동전을 넣는갑다."

하시며 동전을 넣으셨는데 그 다음이 문제였다. 단추만 누르면 되는데 그걸 미처 생각하지 못한 할머니가,

"보이소! 지가에 목이 마른데 콜라 좀 주이소."

라며 자판기에 대고 말을 하셨다.

아무런 응답이 없자 다시,

"보이소! 지가에 목이 마른데 콜라 좀 주이소."

또다시 대답이 없자,

"보이소! 지가에 목이 마른데 콜라 좀 주이소."

연이어 외쳤다.

그때 옆에서 지켜보시던 할아버지 왈,
"거… 딴 거 돌라 함케보이소…!!"